대제국

대제국

초판 1쇄 인쇄 2016년 10월 07일
초판 1쇄 발행 2016년 10월 07일
지은이 이 상 길
펴낸이 손 형 국
펴낸곳 해피소드
출판등록 2013. 1. 16(제2013-000004호)
주소 153-786 서울시 금천구 가산디지털 1로 168,
우림라이온스밸리 B동 B113, 114호
홈페이지 www.book.co.kr
전화번호 (02)2026-5777
팩스 (02)2026-5747

ISBN 978-89-98773-06-9 03810

대제국

이상길 **지음**

행복한 이야기 해피소드 HAPPISODE™

목차

프롤로그

프롤로그

    천제의 아들인 해모수와 하백의 딸 유화 사이에서 태어난 주몽(동명성왕)이 고구려를 건국한 이래, 광활한 대륙으로 영토를 넓히며 천하를 호령하던 광개토태왕이 서른여덟의 젊은 나이로 승하하자 고구려 전체가 너나 할 것 없이 큰 충격과 슬픔에 잠겼다. 하지만 국가지대사는 하루도 지체할 수 없는 것이었다. 광개토태왕이 승하한 지 열아흐레, 그리고 국장을 치른 지 나흘 만인 서기 413년 계축년 음력 10월 초닷샛날, 장남이자 태자인 거련이 만백성과 문무백관이 지켜보는 가운데 이십대 태왕으로 즉위하였다. 그로부터 오십년이란 세월이 유수와 같이 흘러갔다.

    양의전(量宜殿)

    하얀 대리석 기단 위에 지어진 양의전은 태왕이 일상의 정무에 종사하는 장소이다. 집무실 안에는 섬세한 얼굴을 한 중년인이 탁자에 앉아 있었다. 화려한 비단용포를 걸친 그에게서는 고귀한 기품과 더불어 오랫동안 무상의 권력을 행사해온 자만이 가질 수 있는 독특하고도 절대적인 위엄이 흐르고 있었다. 또한 은연중에 상대를 압도하는 그의 기도는 한마디로 만승지존(萬乘至尊)의 풍모였다. 그는 바로 고구려 이십대 태왕인 거련이었다. 탁자 위에는 오늘 처리해야 할 장계가 올려 져 있었다. 태왕의 하루 일과는 승지들로부터 국정 현안을 보고받는 것으로 시작된다. 이는 조계(朝啓)라고 하며 사관이 반드시 동석한다. 업무보고 이외에 회의 주재와 신료접견 등이 밤늦게까지 이어진다. 그중 상소문이나 탄원서의 경우, 비중 있는 인사가 올린 상소문은 직접 읽고 비답(批答)을 내려주어야 했으므로 시간이 오래 걸렸다. 마지막 장계까지 다 살펴 본 거련은 이내 자리에서 일어나 창문 앞으로 걸어갔다. 밖은 어제 내린 눈으로 하얗게 덮여 있었다. 창문을 열자 코끝으로 차가운 바람이 스쳐지나갔다. 아직 겨울이라 그런지 뼈 속까지 스미는 한기에 정신이 번쩍 들었다. 창문을 닫고는 따뜻한 차를 마시기 위해 다기를 꺼내들었다. 이윽고 뜨거운 수증기와 함께 그윽한 향기가 퍼져 나갔다. 잔을 들어 한 모금 마시자 얼었던 몸이 녹는 것 같았다. 대전내관인 조치겸의 목소리가 들린 게 바로 그때였다.

"폐하, 태의께서 드셨사옵니다."

"들라하게!"

이윽고 한 인물이 안으로 들어섰다. 단정하게 정리한 백발의 머리를 가진 노인이었다. 하얀 수염과 깊게 파인 주름은 그가 많은 세월을 살아 왔다는 것을 보여주고 있었다. 하지만 그의 눈빛은 굉장히

반짝이고 있었으며, 허리도 꼿꼿하게 펴 있어 든든해 보이는 체구를 하고 있었다.

태의(太醫) 사공혁
선대로부터 태의를 맡아온 그는 고매한 인품과 뛰어난 의술로 태왕인 거련으로 부터 절대적인 신임을 받고 있는 인물이었다.

사공혁은 고개를 숙여 예를 갖추었다.
"그간 옥체 평안하셨는지요?"
"태의의 염려 덕분에 잘 지냈소이다."
"황은이 망극하옵니다. 폐하."
잠시 후 사공혁은 거련의 손목을 잡고 맥을 짚었다. 지난번보다 안색이 좋지 않으며 맥이 강하게 뛰고 있었다. 이는 차도가 없이 증상이 더 심해졌음을 의미하였다. 사공혁은 미간을 찌푸리며 신음을 흘렸다. 그 모습에 거련은 예상한 듯 담담한 표정으로 물었다.
"어떠하오?"
"고뿔로 인해 기력이 많이 쇠해졌사옵니다. 너무 무리를 하시니 쉬이 나아지지 않는 것이옵니다. 부디 어지러운 마음을 달래고 심신을 편히 가지시옵소서. 더 이상은 아니 되옵니다."
그러자 거련은 앞에 놓여 있는 장계를 들어 올렸다.
"보다시피 할 일이 산더미처럼 쌓여있는데 어찌 마음 편히 쉴 수 있겠는가?"
"태자저하께서 계시지 않사옵니까? 경험을 쌓게 한다 생각하시고

조금씩 넘기시옵소서.”

사공혁은 잠시 사이를 두었다가 다시 말을 이었다.

“폐하께서도 태자시절에 그리 하신 걸로 아옵니다. 허니 태자를 믿고 맡기시옵소서.”

그 말에 거련은 잠시 다른 곳에 눈을 두어 생각에 잠기는 듯 하더니 곧 천천히 입을 열었다.

“알겠네. 그리 하도록 하지.”

“황은이 망극하옵니다. 폐하.”

이어 고개를 들며 말했다.

“우선 기를 돋우는 탕약을 지어 올리겠사옵니다. 그런 연후에 시침을 할 것이옵니다.”

“알겠네.”

거련은 그렇게 말하고는 잔을 들어 차를 한 모금 마셨다. 입안 가득 퍼지는 은은한 향에 잠시나마 시름을 잊게 해 주었다. 바로 그때였다. 밖에서 대전내관의 목소리가 들려왔다.

“폐하, 국상께서 드셨사옵니다.”

“어서 들라 하게!”

“네. 폐하.”

사공혁은 용무가 끝나자 주저하지 않고 자리에서 일어났다.

“허면 소신 이만 물러가옵니다.”

“조심해서 가시오!”

사공혁이 나가고 얼마 되지 않아 국상 고구가 들어왔다.

“신, 고구 폐하를 뵈옵니다.”

"어서 오게! 일단 자리에 앉지."

"네. 폐하."

고구는 조심스럽게 다가가 맞은편 의자에 앉았다. 이내 고개를 들어 거련의 얼굴을 바라보던 고구는 염려스러운 표정을 지으며 말했다.

"태의께서 무슨 일로 온 것이옵니까? 폐하!"

"별일 아니니 신경 쓰지 말게."

"하오나 폐하...."

고구는 더 이상 말을 잇지 못했다. 거부할 수 없는 미증유의 거대한 기운이 느껴졌기 때문이다. 거련은 마치 아무 일도 없었다는 듯 온화한 미소를 지으며 말했다.

"그건 그렇고 무슨 일인가?"

그 말에 고구는 장계를 앞으로 내밀었다. 무심코 받아 든 거련은 궁금한 표정을 지었다.

"이것이 무엇이오?"

"인사이동에 대한 보고이옵니다."

"인사이동이라...."

거련은 내용을 확인하기 위해 장계를 펼쳤다. 그러자 수려한 필체가 한 눈에 들어왔다 .

명필중에 명필이었다. 국상은 이미 고구려내에 문장가이자 명필로 유명세를 떨치고 있었다.

"보시면 아시겠지만 이번 인사이동은 예전과는 다르옵니다."

국상 고구의 말에 거련은 상념에서 깨어나 고개를 들었다. 고구의 말이 이어졌다.

"먼저 관직을 12관등에서 16관등으로 확대 · 개편하여 새로 생긴 태대형과 상위사자 자리에 손대원과 담문기를 임명하였사옵니다. 이는 태자저하께 힘을 실어 드리기 위한 조취중 하나이옵니다. 또한 군 편제도 상위 등급을 세분화하여 지휘체계를 정비하였사옵니다. 혹 마음에 안 드는 것이라도 있으시옵니까?"

"그럴 리가 있나....아주 마음에 드네. 국상께서 수고가 많았겠군."

"아니옵니다. 해야 할 일을 한 것뿐이오니 그런 말씀 마시옵소서."

"그렇지 않소. 국상이 있어 짐이 얼마나 든든한지 모르오."

"황은이 망극하옵니다. 폐하."

거련은 부드러운 미소를 지으며 고개를 끄덕였다. 이어 차를 한 모금 마시고는 내려놓으며 말했다.

"참 그리고 국상과 상의할 것이 있소."

"무엇이옵니까?"

"태자에게 외교, 군사권을 제외한 정무를 맡기고자 하는데 어찌 생각하시오?"

"폐하, 그 무슨 말씀이시옵니까...."

고구는 전혀 생각지도 못한 말에 깜짝 놀라고 말았다. 허나 그것도 잠시 이를 어떻게 받아들여야 할지에 대해 고민하기 시작했다. 거련은 다시 말을 이었다.

"지금부터 천천히 그러나 착실하게 국정 전반에 대해 꼼꼼히 살펴보는 게 나중을 위해 좋으리라 보오."

"하오나 폐하..."

"결코 번복하는 일은 없을 것이오. 허니 짐의 뜻에 따라주기 바라오!"

거련의 결심이 확고한 것을 보자 고구는 반론을 거두었다.

"그리하겠나이다. 폐하."

"고맙소. 그럼 국상만 믿고 있겠소이다."

"태자께서 잘 하실 것이오니 심려 마시옵소서."

고구의 말에 거련은 고개를 끄덕였다.

"이제 좀 쉬어야 할 것 같네."

"하오면 소신 이만 물러가옵니다."

고구는 그 말과 함께 자리에서 일어났다.

"편히 쉬시옵소서."

이어 거련에게 예를 표한 후, 양의전에서 나와 곧바로 자신의 집무실로 향했다.

제 1장

　양의전에서 동쪽으로 한식경쯤 더 가면 무영전(武英殿)이 나온다. 무영전은 황제의 즉위식이나 탄신 축하연, 혼례식, 중요한 칙령의 공표등 국가적인 행사가 거행되는 곳이었다. 내부에는 어좌두었고 황금색 용상으로 장식되었으며 어좌 뒤로 일월곤륜도 병풍을 배치했다. 또한 어좌 위로는 두 마리의 용이 붉은색 여의주를 중심으로 배치된 그림이 그려져 있다. 지금 대전 안에는 문무백관들이 자리하고 있었는데 옆 사람과 작은 소리로 주고받는 이들이 있는가 하면, 고개를 숙이고 잠시 생각에 잠겨 있는 사람도 있었다. 바로 그때였다. 밖에서 대전내관의 목소리가 들려왔다.

　"태왕 폐하 납시옵니다."

　나타남을 알리는 아룀과 함께 거련은 편전 안으로 들어섰다. 국상 고구를 위시한 5부족 수장들은 물론 그 자리에 참석한 문무백관 모두가 머리를 숙여 거련을 맞았다. 파초선을 받쳐들고 뒤를 따르는 시궁들의 표정엔 극진한 정성을 다하느라 자못 긴장감마저 떠올라 있었다. 용상에 좌정한 거련은 우선 아래에 시립해 있는 신하들의 얼굴을 주욱 둘러보는 것을 잊지 않았다. 이윽고 그 첫 말문을 열었다.

　"조정이 일신한 만큼, 여기 모인 대신들 모두 성심을 다해주기 바라오!"

"성심을 다하겠나이다."

만조백관들의 외침에 거련은 흐뭇한 미소를 지었다.

"그건 그렇고 북위에 사신을 보내기로 한 것은 어찌 되었소?"

"준비가 마치는 대로 곧 출발할 것이옵니다."

"누가 사신으로 가는 것이오?"

"중외대부이옵니다."

그 말에 거련은 눈빛을 빛내며 말했다.

"그는 지난번에 사신으로 갔던 것으로 기억하는데…내 말이 틀리오?"

"아니옵니다. 중외대부께서 언변과 처세술에 뛰어나 이번에 다시 가는 것이옵니다."

"좋소. 그럼 그 문제는 그렇게 하기로 하고 태학제 준비는 잘 하고 있소이까?"

"계획대로 준비 중이오니 심려 마시옵소서."

"절대 실수가 있어서는 아니 될 것이오."

"네. 폐하."

이어 거련은 좌우의 신하들을 둘러보며 말했다.

"경들은 들으시오!"

"네. 폐하."

"다시 한번 말하건대, 모두 맡은 일에 최선을 다해주기 바라오. 그럼 오늘 조회는 이것으로 마치겠소."

안학궁의 정전(正殿)은 중화전(中和殿)으로 궁성의 정문인 승천문(承天門)의 북쪽에 위치하는데, 승천문이 대체로 외조에 해당된다. 즉 경일(慶日)의 의식, 죄과의 은사(恩赦), 또 외국사절의 접견 등을 행할 때, 태왕은 이 문까지 나와 의례를 거행한다. 승천문 북쪽에는 서화문(西華門)이 있으며 그 안쪽으로 태극전(太極殿)이 있다. 이곳이 중조에 해당된다. 동서에 회랑이 있고 좌우에 연명문(延明門)을 설치하였다. 태극전 서쪽의 연생전(延生殿)은 내조(內朝)에 해당되며, 태자가 거처하면서 학문과 수양을 쌓는 장소이다.

　시기상으론 봄이지만 햇살은 이미 여름의 초입에 들어섰음을 알리고 있었다. 시원한 바람과 따뜻한 햇살을 받으며 한 인물이 연생전으로 들고 있었다. 짙은 눈썹에 번쩍이는 눈, 오똑한 콧날, 단정한 수염을 기른 중년인이었다. 허나 그는 빈손이 아니었다. 편상을 들고 있었는데 장계가 수북히 쌓여 있었다. 이윽고 그가 당도하자 내관인 안무석이 정중히 맞이하며 말했다.

　"대사자님. 설마 이것도…"

　"이건 시작에 불과하니 너무 놀라지 말게나. 들고 있기 무거우니 어서 고해주게."

　"태자저하, 대사자께서 드셨사옵니다."

　"어서 드시라 하게."

　그 말에 안무석이 뒤돌아서며 말했다.

　"안으로 드시지요."

"그러지."

대사자는 문을 조심스럽게 열면서 안으로 들어갔다. 태자의 집무실은 깔끔하고 고풍스러운 분위기를 자아내고 있었다. 또한 여기저기 놓여있는 아름다운 도자기와 찻잔, 그림들은 얼핏 보기에도 상당한 고급품임에는 틀림없었다. 대사자 홍대영은 공손히 허리를 숙여 예를 갖추었다.

"신 홍대영, 태자저하를 뵈옵니다."

"어서오세요."

이내 홍대영은 편상을 집무책상 위에 올려놨다. 그리고 뒤로 두 걸음 물러나며 말했다.

"저하께서 보셔야 할 것이옵니다."

"휴... 잠시도 쉴 틈을 주지 않는군요."

"송구하옵니다."

"아닙니다. 그냥 해본 말이니 개의치 마세요. 그건 그렇고 폐하께서 지금까지 이 모든 걸 혼자 하셨다니... 놀라울 따름입니다."

"폐하의 능력은 어디까지인지 저하뿐만 아니라 모든 대소신료들이 궁금해 할 것이옵니다."

"아마 그렇겠지요."

나운은 가볍게 고개를 끄덕였다. 그 모습에 미소 짓던 홍대영은 이윽고 진지한 표정이 되었다.

"지금이야 힘이 드시겠지만 곧 익숙해 질 것이니, 여유를 갖고 하시옵소서."

"여유라...맞습니다. 서두른다고 능사가 아니지요."

나운은 잠시 사이를 두었다가 다시 말을 이었다.

"그래서 말입니다, 제가 익숙해 질 때까지 대사자께서 도와주셨으면 합니다."

"여부가 있겠사옵니까. 언제든지 부르시옵소서."

"고맙습니다."

"그럼 신은 이만 물러가 보겠사옵니다."

"그러세요. 제가 너무 오래 붙잡아 둔 건 아닌지 모르겠네요."

"아니옵니다."

이어 홍대영이 예를 표하고 물러가자, 나운은 장계를 들어 살피기 시작했다.

그로부터 열흘 후인 475년 2월 초닷샛날, 중외대부인 걸사상록은 사신으로 떠나기 전 거련을 찾았다. 거의 일년 만의 독대(獨對)였다. 거련은 근심어린 표정을 지으며 말했다.

"힘든 여정이 될 터인데 괜찮으시겠소?"

"걱정 마시옵소서. 맡은 소임을 무사히 마치고 돌아 올 것이옵니다."

"그래야지요. 중외대부께서 하실 일이 얼마나 많으신데..."

"그리 말씀해 주시니 몸둘 바를 모르겠사옵니다."

그 말과 함께 걸사상록은 자리에서 일어났다.

"허면 이만 출발하겠사옵니다."

"부디 아무 탈 없이 잘 다녀오도록 하시오."

"심려 마시옵소서. 폐하."

이후 걸사상록은 거련에게 예를 표한 후 집무실을 빠져 나갔다.

평성(平城)

　산서성 북부에 위치한 평성은 전국시대 조국(趙國)의 북변 요지
였다. 후한 말부터 선비족이 진출하여 398년, 북위(北魏)를 세운 도
무제(道武帝)가 도읍을 수원평야의 성낙성에서 이곳으로 옮겼다. 이
후 정치 · 경제 · 문화교류의 중심지가 되었다. 또한 명소 · 고적이 많기로
도 이름이 높은데, 화옌사(華嚴寺) · 선화사(善化寺) · 사마금용묘(司
馬金龍墓) · 운강석굴(雲崗石窟)등이 있다.

대청궁(大?宮)

도무제가 평성으로 천도하면서 건립된 궁궐이다. 정방형(正方形)으로 담을 쌓았으며 동문과 북문밖에 궐(闕)을 세워 두었다. 성문은 동벽과 서벽에 각각 2개, 남벽과 북벽에 각각 3개 있는데 서로 일직선상에 있다. 성안에는 이 성문들을 연결하는 길과 그밖의 길을 합쳐 모두 11개의 도로가 있다. 즉 외성벽 안을 감돌은 도로를 제외한 나머지 10개의 도로는 모두 일직선으로 마주 향한 성문 또는 성벽 사이를 이은 까닭에 십자형(十字形)을 이루며 바둑판 모양으로 전체 성을 여러 개의 구역으로 나누어 놓았다. 이중 너비가 110m로 가장 넓은 것은 제1호 도로이다. 이 도로는 외성 남벽의 가운데 문과 황성 남문을 연결하는데, 이를 통해 곧장 궁성으로 들어간다. 제1호 도로는 성을 동서 두 부분으로 나누는데, 그 동쪽을 동반성(東半城), 서쪽을 서반성(西半城)이라고 부른다. 동반성에서 서쪽으로 조금만 더 가면 인덕전(麟德殿)이 있는데, 연회나 외국 사절의 내조(來朝)등이 여기서 행해진다.

　한 인물이 인덕전으로 들고 있었다. 온화함이 넘치는 듯 한 풍모의 노인이었다. 그는 바로 중외대부인 걸사상록이었다. 그가 이끄는 사신일행이 평양성을 출발한지 보름이 지나서야 평성에 도착할 수 있었다. 이어 대청궁 국빈소에 안내된 그들은 그곳에서 휴식을 취하며 연락이 오기를 기다렸다. 허나 이틀이 지났는데도 아무 연락이 없었다. 그렇게 삼일째 되던 날 아침, 비로소 만날 수 있다는 전갈이 오자 걸사상록은 지체지 않고 이곳에 온 것이다. 이윽고 진수태감(鎭守太監)을 바라보며 말했다.

"찾으신다는 전갈을 받고 온 고구려 사신이네. 허니 어서 고해주게!"

"태후폐하, 고구려 사신이 당도하였사옵니다."

"어서 들라 하게."

"네. 폐하."

진수태감 장경은 뒤돌아서며 말했다.

"안으로 드시지요."

"그럼...."

걸사상록은 고개를 끄덕이고는 안으로 들어갔다. 그러자 대전에 북위의 대소신료들이 양 옆으로 시립해 있는 게 보였다. 걸사상록은 보무도 당당히 그 사이를 걸어갔다. 잠시 후 걸음을 멈추고는 용상에 앉아 있는 사람에게 예를 갖추었다.

"태후폐하를 뵈옵니다."

풍태후(馮太后)

14세때 문성제 탁발준의 황후가 되었으나, 24세에 문성제가 죽고 헌문제가 즉위하자 태후 자리에 올랐다.

풍태후는 부드럽게 미소를 지으며 말했다.

"어서 오세요. 먼 길 오시느라 얼마나 노고가 크시었소."

"아니옵니다."

"고구려태왕께서는 편안하시오?"

"네. 태후폐하."

걸사상록은 질문에 답을 하면서 여기서 취할 수 있는 것이 무엇인지에 대해 머리를 굴리고 있었다. 풍태후의 말이 이어졌다.

"이번엔 무슨 일로 온 것이오?"

"이제 곧 있으면 태후폐하의 생신이신 걸로 아옵니다. 하여 소신으로 하여금 선물과 함께 축하의 뜻을 전하라 하셨사옵니다."

"이렇게 고마울 데가... 돌아가시거든 이 은혜 잊지 않겠다고 전해 주시오!"

"그리 전하겠사옵니다."

그 말에 풍태후는 환한 미소를 지었다.

"피곤할 터이니 이만 돌아가 쉬도록 하시오!"

"네. 폐하."

이윽고 걸사상록은 예를 갖추고는 대전을 빠져 나왔다.

국빈소로 돌아온 걸사상록은 창가에 있는 탁자 옆에 앉아 밖을 내다보며 깊은 생각에 잠겨 있었는데, 언제 왔는지 상위사자 진석용이 맞은 편 의자에 자리를 잡고 앉았다.

"대감."

"말하게."

"태후의 영향력이 생각보다 커진 것 같습니다."

"자네도 그렇게 보았는가. 지난번과는 확실히 분위기가 달라졌어."

걸사상록은 동감한다는 듯 고개를 끄덕였다.

"무엇 때문인지 알아봐야 하지 않겠습니까?"

"물론이네. 자네가 직접 어떻게 된 건지 소상히 알아오게!"

"네. 대감."

걸사상록은 이내 진지한 표정을 지으며 말했다.

"여긴 북위이니 항상 조심해야 할 것이야."

"명심하겠습니다."

이윽고 진석용은 자리에서 일어나 밖으로 나갔다. 혼자 남은 걸사상록은 눈을 감고 깊은 생각에 빠져 들었다.

제 2장

한편 고구려에서는 백성의 사기 진작과 국운의 일대 혁신을 위해 계획되었던 태학제는 차질 없이 전 국가적인 행사로 성대히 치러졌다. 그로부터 삼일 뒤, 국상 고구는 거련을 찾았다. 고구는 고개를 숙여 예를 갖추었다.

"폐하, 찾으셨사옵니까?"

"어서 오게. 일단 자리에 앉게나."

"네. 폐하."

고구는 조심스럽게 다가가 맞은편 의자에 앉았다. 거련은 잔을 들어 한 모금 들이 마신 뒤 내려놓으며 말했다.

"짐이 지시한 일은 어찌 되었소?"

"아무래도 좀 더 시간이 필요할 것 같사옵니다. 허나 그리 오래 걸리지는 않을 것이옵니다."

"흠…. 시간이 걸리더라도 철저하게 준비해 주시오!"

"네. 폐하."

거련이 한층 깊어진 눈으로 바라보자 고구는 그저 미소만 지을 뿐이었다.

"그건 그렇고 태자는 요즘 어찌 지내고 있소?"

"늘어난 업무 때문에 매일 밤늦게 침소에 드신다 하옵니다."

"시간이 지나면 차차 적응도 하고 나아지겠지. 국상께서 조금만 더 신경 써 주시오."

"네. 폐하."

거련은 차를 한 모금 더 마시고는 말을 이었다.

"이제 좀 쉬어야 할 것 같네."

"하오면 소신 이만 물러가옵니다. 편히 쉬시옵소서."

"조심해서 가시오."

잠시 후 고구는 양의전을 나섰다. 고개를 들어 하늘을 보니 파랗던 하늘이 노을빛으로 붉게 물들어 있었다. 아직 할 일이 남아 있다는 걸 상기하고는 자신의 집무실로 발걸음을 옮겼다.

대청궁(북위의 황궁)에서 국빈소로 사용되고 있는 무영전(武英殿)은 남향이며 정면 5칸, 측면 3칸의 건물로서 황 유리 기와에 겹치마 팔작지붕으로 되어있다. 한백옥석 난간의 월대가 앞으로 나와 있으며 봉천문과 연결되어 있다. 전각 안에는 머리카락은 하얗게 변하기 시작했지만, 섬세한 얼굴을 한 중년인이 탁자에 앉아 있었다. 바로 중외대부인 걸사상록이었다. 탁자위엔 서책이 여러 권 놓여 있었다. 열린 창으로 들어 온 한낮의 햇살을 만끽하고 있는데 언제 다가왔는지 울절 진석용이 맞은편 의자에 자리를 잡고 앉았다. 진석용은 잠시 고민하는 눈치더니 이내 조심스럽게 입을 열었다.

"대감!"

"말하게."

"벌써 한 시진(2시간)이 지났습니다. 대체 언제까지 서책을 보실 생각이십니까? 무리하시면 몸에 좋지 않습니다."

그 말에 걸사상록은 책장을 넘기다 말고 서책을 덮었다. 그리고는 숙이고 있던 고개를 들며 말했다.

"난 괜찮으니 걱정 말게. 그건 그렇고 무슨 일인가?"

그러자 진석용은 만면에 미소를 지으며 말했다.

"정오가 한참 지났습니다. 식사준비가 다 됐다 하니 이만 가시지요."

"벌써 시간이 그렇게 되었다니....어서 가세나."

"네."

걸사상록이 자리에서 일어나 문 쪽으로 향해 걸어가자 진석용은 조용히 그 뒤를 따랐다.

잠시 후 식당에 도착한 걸사상록과 진석용은 자리에 앉아 음식이 나오기를 기다렸다. 덥고 목이 마른지 앞에 놓인 물을 들어 한 모금 마시고는 내려놓으며 말했다.

"날이 무척이나 포근해서 좋군."

"햇살이 따뜻해서 그런지 기분마저 좋아집니다. 전 선천적으로 약한 체질이라 그런지 어렸을 적부터 유독 추위에 약해서 큰일입니다."

"어디 자네만 그러겠는가? 나도 마찬가지라네."

그러는 사이 식탁위에는 따뜻한 음식들이 하나 둘 차려졌다. 진석용은 식욕을 자극하는 고소하면서도 달콤한 냄새에 시장기가 몰려왔다.

"들게나!"

"네."

걸사상록은 조용히 자신의 접시에 있는 음식을 집어 들어 한입 베어 물었다. 씹는 느낌이 딱딱하지도 물렁하지도 않아서 씹어 먹는 느낌이 좋았고, 맛도 일품이었다.

"음식 맛이 담백하니 아주 좋군."

"그러게 말입니다. 얼마나 고소하고 부드러운지 입에서 살살 녹습니다."

"허허. 천천히 들게나. 음식은 아직 많이 남아 있으니."

"네."

그러기 얼마 후, 진석용은 물 한 모금 마시고는 말했다.

"참 아까 전에 연통이 왔는데 태후의 탄신 축하연을 내일 미시(未時:오후1시~3시)에 연다 합니다. "

"내일 미시라....바쁜 하루가 되겠군."

"그러게 말입니다. 아주 성대하게 치를 모양인지 지금 궁 안팎이 매우 분주하다 합니다."

그 말에 걸사상록은 얼굴 가득히 온화한 미소를 지었다.

"왜 아니 그러겠는가? 잘만하면 태후의 눈에 들 이 좋은 기회를 마다할 사람이 어디에 있다고....아무튼 그럴 리 없겠지만 조심해서 나쁠 건 없으니 신중히 판단하고 행동하도록 하게!"

"네. 명심하겠습니다."

"이거 맛있는 음식 다 식겠네. 어서 들게나!"

"네."

이윽고 식당 안은 음식 먹는 소리만 들릴 뿐 다른 소리는 들리지 않았다.

다음날, 걸사상록은 따뜻한 욕탕에서 기분 좋게 목욕을 마치고 옷을 갈아입었다. 이어 그는 잠시 눈을 지그시 감고 명상에 잠겼다. 중요한 일을 앞두고 하는 그만의 오랜 습관이었다. 그러자 갑갑한 느낌이 사라지고 머리도 맑아지는 기분이었다. 바로 그때였다. 밖에서 목소리가 들려왔다.

"대감. 지금 출발해야 늦지 않게 도착할 것입니다."

"알았으니 조금만 기다리게!"

"네."

걸사상록은 빠뜨린 것이 없나 다시 한번 점검한 후 방을 나섰다. 밖에선 진석용이 한쪽 자리에서 왔다 갔다 하며 기다리고 있었다. 그 모습에 걸사상록은 미소 지으며 말했다.

"이만 가세나!"

"네."

연회장인 문정전은 무영전에서 동쪽으로 한식경쯤 걸어가야 하는 곳에 위치해 있었다. 지금 황궁 곳곳에 붉은 깃발이 휘날리고, 각종 향기로운 꽃들로 장식되어 몽환적이면서도 환상적인 분위기를 자아내고 있었다. 진석용은 주위를 다시 한번 둘러본 후 말했다.

　"생각했던 것보다 더 화려하군요."

　"그렇군. 비용이 만만치 않게 들어갔겠어."

　"얘기를 들어보니 백제와 신라는 물론 유연(柔然:북방의 유목국가)에서도 축하사절이 왔다 합니다. 그래서 신경을 더 쓴 모양입니다. "

　진석용의 말에 걸사상록은 수염을 쓰다듬으며 가볍게 고개를 끄덕였다.

　"아마 그럴 것이네. 주변국들에게 대국의 위용을 보여줄 필요가 있는 법이니...."

　그리고는 고개를 들어 하늘을 바라보았다.

　"시각이 다 되가니 어서 서두르세!"

　"네."

　곧 그들은 문정전을 향해 서둘러 발걸음을 재촉했다.

　아침조회를 마치고 양의전으로 돌아온 거련은 의자에 앉아 휴식을 취하였다. 그렇게 얼마의 시간이 흘렀을까? 감았던 눈을 뜬 거련은 앞에 놓인 찻잔을 들어 한 모금 마셨다. 입안에서 차 특유의 향이 감돌았다. 그리고는 오늘 올라온 장계를 살펴보기 시작했다. 허나 이내 눈살을 살짝 지푸렸다. 태자에게 국정 전반을 맡기고 요양을 떠나야 한다는 내용이 주를 이루고 있었기 때문이다. 이윽고 마지막 장계까지 다 살펴 본 거련은 식어버린 차를 한 모금 더 마셨다. 대전내관인 조치겸의 목소리가 들린 게 바로 그때였다.

"폐하. 태자전하 드셨사옵니다."

"들라하게!"

이윽고 한 인물이 안으로 들어섰다. 태자인 나운이었다. 나운은 고개를 숙여 예를 갖추었다.

"폐하. 찾으셨사옵니까?"

"오냐. 어서 이리 와 앉거라."

"네."

나운은 조심스럽게 다가가 맞은편 의자에 앉았다. 잠시 나운의 얼굴을 바라보던 거련은 근심어린 표정을 지으며 말했다.

"못 본 사이에 많이 수척해 보이는구나. 요즘 밤새는 일이 잦다고 들었는데 괜찮은 것이냐?"

"전 괜찮으니 염려 마십시오."

"항상 몸 생각하며 일해야 할 것이야. 알겠느냐?"

"네. 명심하겠습니다."

잠시 후 나운은 장계를 앞으로 내밀었다. 무심코 받아든 거련은 궁금한 표정을 지었다.

"이것이 무엇이냐?"

"그동안 제가 처리한 것을 모아 정리한 것이오니 한번 보시옵소서.”

“그럼 어디 한번 보자구나.”

거련은 내용을 확인하기 위해 장계를 펼쳤다. 모든 정보를 한 눈에 알아 볼 수 있게 체계적으로 잘 정리되어 있었다. 거련은 흡족한 표정으로 고개를 끄덕이더니 탁자위에 장계를 내려놓고는 말했다.

“아주 훌륭해. 이제 모든 걸 맡겨도 문제없을 것 같구나.”

“그런 말씀 마시옵소서. 아직 많이 부족하옵니다.”

그러자 거련은 당치 않다는 듯 고개를 저었다.

“아니다. 태자의 능력이라면 충분히 하고도 남을 것이야.”

“하오나 폐하….”

나운의 당황해 하는 모습에 거련은 너털웃음을 터뜨렸다.

“지금 당장은 아니니 걱정할 것 없다. 허나 마음의 준비는 하고 있거라!”

“알겠사옵니다.”

“그건 그렇고 태자비의 상태는 어떠하더냐?”

“얼마 전에 태의께서 다녀가셨는데 푹 쉬면 괜찮아 질 것이라 하옵니다.”

거련은 수심 가득한 얼굴로 말했다.

“하루빨리 후사를 봐야 하는데…몸이 허약하니 걱정이구나.”

“염려 마시옵소서. 곧 그리 될 것이옵니다.”

“오냐. 태자만 믿고 있겠다.”

“네. 믿으시옵소서.”

나운의 확고부동한 말에 거련은 고개를 끄덕였다.

"피곤할 터이니 그만 돌아가 쉬도록 하거라!"

"허면 이만 물러가옵니다."

나운은 자리에서 일어나 거련에게 예를 표한 후, 양의전을 나섰다.

나운은 태자궁으로 가지 않고 서쪽으로 발걸음을 옮겼다. 잠시 후 도착한 곳은 심미궁(審美宮)이었다. 심미궁은 태자비가 거처하는 곳이었다. 이제야 나운을 발견한 듯 수석궁녀 설린이 황급히 달려왔다.

"태자전하. 오셨사옵니까?"

"지나는 길에 잠깐 들렸네. 태자비는 안에 있는가?"

"네. 태자전하."

"그럼 어서 고하게!"

그러자 설린은 잠깐 망설이더니 조심스럽게 입을 열었다.

"저 그게….마마께서 몸이 피곤하다 하시어 일찍 침수에 드셨사옵니다. 내일 다시 오시는 게 좋을 듯 싶사옵니다."

"흠…알겠네. 그리하지."

"황공하옵니다."

고개를 끄덕이던 나운은 이내 뭔가 생각난 듯 말했다.

"참 오늘은 아무 일 없었는가?"

"아무 일 없었으니 걱정 마시옵소서."

"그렇다니 다행이군. 앞으로도 계속 태자비를 잘 부탁하네."

"성심을 다해 보필할 것이오니 심려 놓으시옵소서."

"내 자네만 믿고 있겠네."

그리고는 몸을 돌려 태자궁으로 돌아갔다.

문정전(文正殿)은 '금란전'이라고도 하며 대청궁 남북 종축선상에 위치해 있다. 도무제 16년(402년)에 건축되어 봉천전으로 불렸고, 태무제 10년(433년)에는 건극전으로 개칭되었다가 문성제 5년(457년)에 지금의 명칭으로 다시 개칭되었다. 지붕 꼭대기는 헐산식의 겹처마로 지붕위에 황색의 유리기와를 덮었고, 상하 처마 끝에는 9마리의 잡상이 높여있다. 다행히 늦지 않게 도착한 걸사상록과 진석용은 이윽고 진수태감 앞에 이르렀다.

"어서 오시옵소서. 안에서 지금 모두 기다리고 있사옵니다."

"어서 고해 주시게!

"태후폐하. 고구려 사신이 당도하였사옵니다."

"어서 들라 하게."

"네. 폐하."

진수태감 장경은 뒤돌아서며 말했다.

"안으로 드시지요."

"그럼…"

걸사상록은 고개를 끄덕이고는 연회장 안으로 들어갔다.

연회장 안으로 들어가니 'ㄷ'자 모양의 긴 탁자에 북위의 대신과 각국의 사신들이 자리에 앉아 있는 게 보였다. 걸사상록은 보무도 당당히 그 사이를 걸어갔다. 잠시 후 걸음을 멈추고는 상석에 앉아 있는 사람에게 예를 갖추었다.

"태후폐하를 뵈옵니다."

"어서 오세요. 조금 늦으셔서 걱정하던 참이었습니다."

"그러셨다니 송구하옵니다."

"이렇게 왔으니 됐습니다. 이제 그만 자리에 앉으세요."

"네. 폐하."

걸사상록은 비워져 있는 자리에 가 앉았다. 풍태후는 앞에 놓인 잔을 들며 말했다.

"모두 잔을 들도록 하시오!"

이어 주위를 한번 둘러본 후 말을 이었다.

"이 자리에 오신 모든 분들께 감사드리며, 모자라지 않을 만큼의 음식이 준비되어 있으니 마음껏 즐기다 가시길 바라오!"

"만수무강하시옵소서."

풍태후는 만족한 듯 고개를 끄덕이고는 잔을 비웠다. 이윽고 걸사상록을 바라보며 말했다.

"언제 고구려로 돌아 갈 생각이오?"

"할일을 모두 마쳤으니 내일이라도 당장 돌아 갈 생각이옵니다."

"허면 연회 끝나고 잠시 시간을 내 주시겠소?"

"그리하겠사옵니다."

"그럼 그때 보도록 하지."

"네. 폐하."

걸사상록은 기분 좋게 웃어 보이며 남은 잔을 모두 비웠다. 그 모습에 옆에 앉아 있던 진석용이 조심스레 입을 열었다.

"대체 무슨 일일까요?"

"그걸 내가 어찌 알겠는가? 만나보면 자연히 알게 되겠지....술잔이 비었군. 내 술 한잔 받게!"

"네. 대감."

진석용은 가득 채워진 술을 단숨에 털어마셨다.

"술 맛이 참 좋습니다. 애주가들이 왜 청명주만 찾는지 이유를 알 것 같습니다."

"그러다 취하겠네. 천천히 마시게."

"이 정도로는 끄덕 없으니 걱정 마십시오."

"자네도 참....여기 안주도 먹게나."

"네. 대감."

이내 연회장 안은 풍악소리와 술잔 부딪히는 소리로 가득 찼다.

태후전인 자경전(慈慶殿)으로 돌아 온 풍태후는 의자에 깊숙이 앉아 생각에 잠겨 있었다. 바로 그때였다. 밖에서 목소리가 들려왔다.

"태후폐하. 고구려 사신이 들었사옵니다."

"어서 들라 하게."

"네. 폐하."

이윽고 한 인물이 안으로 들어섰다. 온화함이 넘치는 듯 한 풍모의 노인이었다. 그는 바로 중외대부인 걸사상록이었다.

"좀 늦었사옵니다."

"아닙니다. 우선 자리에 앉으세요.

"네. 폐하."

걸사상록은 맞은편 자리에 가 앉았다. 풍태후는 부드럽게 미소를 지으며 말했다.

"차 한잔 하시겠소?"

"주신다면 저야 영광이옵니다."

풍태후는 탁자 가운데 있는 다기를 들어 걸사상록의 앞에 놓인 찻잔에 차를 따랐다. 이내 뜨거운 수증기와 함께 그윽한 향기가 퍼져 나갔다.

"뜨거우니 천천히 들도록 하세요."

"네. 폐하."

걸사상록이 잔을 들자, 풍태후도 잔을 들어 한 모금 들이 마신 뒤 내려 놓았다.

"지내는데 불편함이 없소이까?"

"폐하의 염려 덕분에 잘 지내고 있사옵니다."

"그렇다니 다행이오."

풍태후는 차를 한 모금 더 마시고는 말을 이었다.

"이렇게 보자고 한 것은 귀한 선물에 대한 답례를 하고자 함이오."

그리고는 서랍에서 무엇인가를 꺼내더니 걸사상록 앞에 놓는 것이었다. 자단목으로 만든 목갑(木匣)이었다.

"부디 고구려 태왕에게 잘 전해 주기 바라오!"

"여부가 있겠사옵니까? 걱정 마시옵소서."

자경전을 나온 걸사상록은 곧바로 무영전으로 향했다. 문을 열고 안으로 들어서자 서류를 정리하고 있던 진석용이 고개를 들며 말했다.

"대감. 가신 일은 어찌 됐습니까?"

"바로 이것 때문에 보자 하셨네."

걸사상록은 품속에서 풍태후로 부터 받은 목갑을 꺼내 탁자에 올려놓았다. 진석용은 궁금한 표정을 지으며 물었다.

"이것이 무엇입니까?"

"태왕폐하께 보내는 답례품이네."

"답례품이요? 태후가 직접 주신 것이란 말입니까?"

"그렇네. 또한 반드시 폐하께 전해 달라 하셨네."

걸사상록은 목갑을 다시 품속에 넣었다.

"안에 무엇이 들어있는 걸까요? 매우 궁금하네요. 대감께서는 궁금하지 않으십니까?"

"왜 궁금하지 않겠는가? 허나 그렇다 해도 신하된 도리는 지켜야 하는 법. 잃어버리지 않도록 잘 보관해야 할 것이네."

"알겠습니다."

"이틀 후에 고구려로 돌아갈 것이니 그에 대한 준비도 해주게나."

"네. 대감."

잠시 후 진석용은 자리에서 일어나 밖으로 나갔다. 혼자 남은 걸사상록은 눈을 감고 깊은 생각에 빠져 들었다.

한편 그 시각, 고구려에서는 편전회의가 열리고 있었다. 용상에 좌정한 거련은 우선 아래에 시립해 있는 신하들의 얼굴을 주욱 둘러보는 것을 잊지 않았다. 이윽고 그 첫 말문을 열었다.

"과거시험 준비는 어찌 되 가고 있소?"

"차질 없이 준비 중이오니 심려 마시옵소서."

"이번에도 짐이 직접 참관하여 심사를 맡을 것이오!"

거련은 잠시 사이를 두었다가 다시 말을 이었다.

"허니 그리 알고 준비토록 하시오."

"알겠사옵니다. 폐하."

이어 태대형 연태수를 바라보며 말했다.

"백제의 동태는 어떠하오?"

"아직 별다른 움직임이 없사옵니다."

"향후 주변 정세가 어떻게 변할지 모르니 면밀히 살펴 그에 맞는 대응전략을 세우도록 하시오."

"삼가 명을 받들겠나이다."

만조백관들의 외침에 편전 안이 울리는 것 같았다.

제 3장

　그로부터 이틀 후, 무영전은 이른 아침임에도 불구하고 매우 분주하게 움직이고 있었다. 드디어 고구려로 돌아가는 날이기 때문이었다. 진석용은 준비를 모두 마치고는 걸사상록이 있는 방으로 향했다.

　"대감. 돌아갈 준비를 모두 마쳤습니다."

　"알았으니 잠시만 기다리게."

　"네. 대감."

　걸사상록은 주위를 한번 살피고는 방을 나섰다. 밖에선 진석용이 한쪽 자리에서 왔다 갔다 하며 기다리고 있었다. 그 모습에 걸사상록은 미소 지으며 말했다.

　"이만 가세나!"

　"네."

　대청궁 북문에 당도하자 한 인물이 그들을 기다리고 있었다. 비단으로 된 청의를 입은 준수한 중년인이었다. 그는 바로 내행장(內行狀)인 혁지정으로, 외교 및 의례(儀禮)에 관한 사무를 맡고 있었다. 혁지정은 오래전부터 친분을 쌓아온 걸사상록과 활발한 학문적 교류가 이루어지고 있었다. 혁지정은 앞으로 나서며 말했다.

　"이렇게 가시면 언제 다시 뵐 수 있을까요?"

"인연이 있으면 또 만나지 않겠는가."

"그때가 오기를 학수고대하고 있겠습니다. 부디 조심히 돌아가십시오!"

걸사상록은 흡족한 표정을 지으며 고개를 끄덕였다.

"고맙네. 자네도 항상 조심하게."

"네. 대감."

이윽고 걸사상록과 진석용이 근처에 준비되어 있던 고급스런 마차에 타자, 이내 고구려가 있는 서쪽으로 달리기 시작했다.

475년 초 여드레날. 해시를 알리는 마지막 종소리가 아직 울려 퍼지고 있을 때, 마차 한대가 주작대로를 통과하고 있었다. 한식경이 흐르고 목적지에 당도했는지 말을 꾸짖는 마부의 호령과 함께 마차가 멈춰 섰다.

"대감. 도착했습니다."

그 말에 걸사상록과 진석용은 조용히 마차에서 내렸다. 진석용은 하늘을 바라보더니 말했다.

"오늘은 너무 늦어 내일 입궐해야겠습니다."

"그리해야겠네. 그동안 나를 따라 다니느라 수고가 많았네."

"아닙니다. 함께할 수 있어 저야 영광이었습니다."

걸사상록은 입가를 둥글게 그려 부드럽게 미소 지었다.

"그리 말해주니 고맙네. 피곤할 터이니 그만 돌아가 쉬도록 하게."

"네. 대감도 편히 쉬십시오."

잠시 후 진석용은 마차를 타고 자신의 집으로 돌아갔다.

다음날 아침, 걸사상록은 폐하를 알현하기 위해 양의전으로 들었다. 이윽고 그가 당도하자 대전내관인 조치겸이 정중히 맞이하였다.

"어서 오시옵소서."

"고해주게."

"폐하, 중외대부께서 드셨사옵니다."

"어서 들라하게."

그 말에 조치겸이 뒤돌아서며 말했다.

"안으로 드시지요."

"그러지."

걸사상록은 문을 조심스럽게 열면서 안으로 들어갔다. 이어 공손히 허리를 숙여 예를 갖추었다.

"그간 옥체 평안하셨는지요?"

"중외대부께서 염려해 주신 덕분에 잘 지냈소이다."

"황은이 망극하옵니다. 폐하."

"우선 자리에 앉으시오."

"네. 폐하."

걸사상록은 앞으로 다가와 맞은편 의자에 앉았다.

"먼 길 다녀오느라 노고가 참으로 크시었소."

"아니옵니다. 해야 할 일을 한 것 뿐 이오니 그런 말씀 마시옵소서."

"그래 그곳에서 별다른 일은 없으셨소?"

그러자 걸사상록은 품속에서 목갑을 꺼내 탁자에 올려놓았다. 거련은 궁금한 표정을 지으며 말했다.

"이것이 무엇이오?"

"태후가 폐하께 드리는 답례품이옵니다. 한번 보시옵소서."

이윽고 목갑을 열자 장계 하나가 들어 있었다. 거련은 조심스럽게 장계를 들어 펼쳤다. 그렇게 얼마의 시간이 흘렀을까? 점점 거련의 표정이 무섭게 굳었다.

"아니 이것은…"

"왜 그러시옵니까? 무슨 문제라도…"

"직접 보시오."

장계를 받아 든 걸사상록은 이내 내용을 보자 놀라움을 금치 못했다.

"이럴수가…"

"이건 도저히 용납할 수 없는 문제이오. 삼일 후 편전회의가 열릴 것이니 반드시 참석해 주기 바라오."

"알겠사옵니다."

이어 거련에게 예를 표한 후, 양의전에서 나와 곧바로 자신의 집무실로 향했다.

　사천년 이상의 오랜 역사를 가진 평양은 역사상 왕조에 따라 그 이름도 왕검성(王儉城) ·기성·낙랑·호경·유경 등으로 바뀌어 왔다. 특히 단군(壇君) ·기자(箕子) ·위만(衛滿)등의 옛 도읍이기도 하다. 또한 그 기나긴 역사와 더불어 명소·고적이 많기로도 이름이 높다. 서쪽으로 만수대를 넘어서면 평양 육문의 하나인 칠성문(七星門)이 서 있는데 상부는 누각을 이루고 있으나 대동문 ·보통문에 비하면 규모가 훨씬 작다. 칠성문에서 경사가 느린 넓은 언덕길을 올라가면 유명한 을밀대(乙密臺)와 고풍스러운 사허정(四虛亭)이 서 있다. 을밀대에 올라서면 모란봉이 가까이에 있고 굽어보면 현무문·부벽루 (浮碧樓) 등이 푸른 수림 사이로 바라보이며, 맑게 흐르는 대동강에는 능라도(綾羅島)와 반월도(半月島)가 떠 있다.
　평양의 외성은 기단을 돌로 쌓고 그 위에 흙을 다져 쌓은 토성이며, 외성 안의 북쪽 중심부에 궁성이 있다. 궁성의 남문에서 외성의 남문까지 대로가 남북으로 길게 뻗어 있으며 그 좌우로 관청과 민가가 고풍스럽게 자리하고 있다.

저벅저벅. 날도 밝지 않은 새벽어둠을 뚫고 무리지어 걷는 사람들의 발소리가 들려왔다. 점차 가까워지고 있는지 텅 빈 대로에 조금씩 크게 들려오더니 스윽 하고 모습을 드러냈다. 하나의 평교자였는데, 앞뒤 두 사람씩 네 사람이 어깨에 들춰 매고는 앞으로 가고 있었다. 평교자 위에는 오십대 중반으로 보이는 인물이 타고 있었다. 눈이 내린 듯 하얗게 센 머리, 깊게 패인 주름살에서 세월의 흔적이 고스란히 느껴졌다. 또한 고운 비단옷을 입고 있는 것으로 보아 신분이 결코 낮지 않음을 미루어 짐작할 수 있었다. 헌데 그는 무엇이 마음에 안 드는지 살짝 인상을 쓰며 말했다.

"어서 빨리 서두르거라."

"네, 대감."

그 말에 빠른 발걸음을 더욱 재촉하여 막 주작대로를 지날 때였다. 반대편에서 또 하나의 평교자가 다가왔다. 삼십대 중반의 인물이 타고 있었는데 품이 넓은 회색 예복에 같은 색 학사모를 썼다. 의복은 물론 깨끗한 손과 가는 얼굴선으로 전형적인 학자의 모습을 하고 있었다.

"태대사자님이 아니십니까?"

"그렇네만…그대는 누구인가?"

"전 태학박사로 있는 이문진이라 하옵니다."

"이문진이라…그럼 자네가 태왕의 명에 의해 신집(新集)을 편찬한 그 이문진이란 말인가?"

"그렇습니다."

그러자 태대사자인 오원이 반가운 표정을 지으며 말했다.

"그런 큰일을 해 낸 인물이 누구인지 궁금했었는데 여기서 자네를 만나게 될 줄이야. 정말 반갑네."

"저야말로 만나 뵙게 되어 영광입니다."

"그건 그렇고 태학박사면 태학사 밑에서 일하겠군."

"네!"

"그분은 일에 있어서는 누구보다 깐깐하기로 유명한데 고생이 이만저만이 아니겠어."

"당치도 않습니다. 오히려 배워야 할 점이 너무 많아 어디서부터 시작해야 할지 고민일 정도입니다."

그 말에 오원이 호쾌하게 너털웃음을 터뜨렸다.

"허허.. 젊은 친구가 마음가짐이 아주 좋군. 내 장담하건대 그 마음 변치 않고 살아 간다면 자넨 분명 큰 인물이 될 것이야. 암! 그렇고말고."

"과찬의 말씀이십니다. 헌데.."

"말해보게!"

"이른 아침부터 편전회의를 여는 이유를 아시는지요?"

"나도 모르는 건 마찬가지이네. 다만 아주 중차대한 문제를 논의할 것으로 짐작할 뿐이네."

"그리 생각하시는 연유가 무엇입니까?"

이문진의 질문에 오원은 빙긋 웃으며 답했다.

"자네는 이런 일이 처음인가 보군."

"네! 그렇습니다."

"그럼 잘 듣게! 폐하께서는 중요한 문제를 결정하실 때 항상 이렇게 이른 아침에 편전회의를 여셨다네. 허니 내가 그리 생각하는 게 당연하지 않겠는가?"

"듣고 보니 그렇군요."

"이러고 있을 때가 아니네. 폐하보다 먼저 편전에 당도해야 하니어서 서두르세나!"

"네!"

이윽고 두 사람이 탄 평교자가 숙정문을 지나 안학궁으로 들어갔다.

제 4장

안학궁(安鶴宮)

427년 국내성에서 평양으로 천도하면서 건립된 궁궐이다. 안학궁은 크게 내조(內朝)·중조(中朝)·외조(外朝)로 구분한다. 이 가운데 내조는 태왕이 휴식하는 곳이며, 중조는 치조(治朝)라고도 하는데 태왕이 직접 정사를 보는 곳이다. 그리고 외조는 군신이 정사를 의논하는 곳이다. 안학궁의 정전(正殿)은 중화전(中和殿)으로 궁성의 정문인 승천문(承天門)의 북쪽에 위치하는데, 승천문이 대체로 외조에 해당된다. 즉 경일(慶日)의 의식, 죄과의 은사(恩赦), 또 외국사절의 접견 등을 행할 때, 태왕은 이 문까지 나와 의례를 거행한다. 승천문 북쪽에는 서화문(西華門)이 있으며 그 안쪽으로 태극전(太極殿)이 있다. 이곳이 중조에 해당된다. 동서에 회랑이 있고 좌우에 연명문(延明門)을 설치하였다. 태극전 북쪽의 양의전(兩儀殿)은 내조(內朝)에 해당되며, 태왕이 일상의 정무에 종사하는 장소이다.

따사로운 아침 햇살을 받으며 한 인물이 양의전으로 들고 있었다. 흰 머리에 나이가 지긋해 보이는 중년인이었다. 허나 눈빛에서 전해지는 기도가 그야말로 범상치 않았다. 이윽고 그가 당도하자 대전내관인 조치겸이 정중히 맞이하며 말했다.

"국상어른. 이제 오십니까? 폐하께서 기다리고 계십니다."

"그리 됐네. 어서 고해 주게."

"폐하, 국상께서 드셨사옵니다."

"어서 들라 하게!"

그 말에 조치겸이 뒤돌아서며 말했다.

"안으로 드시지요."

"그러지."

국상은 문을 조심스럽게 열면서 안으로 들어갔다. 그 모습을 바라보던 거련이 장계를 내려 놓으며 말했다.

"어서 오게. 오늘은 좀 늦었군 그래."

"송구하옵니다. 폐하!"

"아니네. 어제도 밤을 샜다고 들었네. 일도 좋지만 건강도 챙겨가면서 하게. 내 말 알겠나?"

"네. 폐하."

"그래. 편전에 다들 모였는가?"

"병중에 있는 대사자를 빼고는 모두 들었사옵니다."

대사자란 말에 거련은 창밖을 내다보며 근심어린 표정을 지었다. 한참 후에야 고개를 돌리며 말했다.

"병세가 어떻다 하던가?"

"전해 듣기론 매우 위중하시어 오늘 내일이 고비라 하옵니다."

"전의감에서 보낸 탕약이 아무 소용이 없었나 보군."

"얼마 전 태의께서 직접 다녀오셨는데 손을 쓰기엔 이미 늦은 상

태였다 하옵니다."

그 말에 거련은 애써 담담한 모습을 보이면서도 침통한 표정을 감추지 못했다.

"이렇게 가시기엔 아까운 분이거늘...국상께서 좀 더 신경 써 주셨으면 하오!"

"그리 하겠사옵니다."

"그럼 다들 모였다 하니 이만 편전으로 가 보세."

"네. 폐하!"

양의전에서 동쪽으로 한식경쯤 더 가면 무영전(武英殿)이 나온다. 무영전은 황제의 즉위식이나 탄신 축하연, 혼례식, 중요한 칙령의 공표 등 국가적인 행사가 거행되는 곳이었다. 내부에는 어좌두었고 황금색 용상으로 장식되었으며 어좌 뒤로 일월곤륜도 병풍을 배치했다. 또한 어좌 위로는 두 마리의 용이 붉은색 여의주를 중심으로 배치된 그림이 그려져 있다. 지금 대전 안에는 문무백관들이 자리하고 있었는데 옆 사람과 작은 소리로 주고받는 이들이 있는가 하면, 고개를 숙이고 잠시 생각에 잠겨 있는 사람도 있었다. 상위사자 진석용은 울절을 바라보며 말했다.

"대감. 무슨 생각을 그리 하십니까?"

"오, 왔는가? 아무것도 아니니 신경 쓰지 않아도 되네."

"어제 술을 과하게 드시는 것 같았는데 괜찮으십니까?"

"괜찮으니 걱정 말게!"

"그러시다니 다행입니다."

진석용은 눈치를 살피며 조심스럽게 물었다.

"헌데 대감."

"말하게."

"오늘은 무슨 일일까요? 아무리 생각하고 또 생각해 봐도 짐작할 수가 없습니다."

그 말에 울절 목양수는 언제나 처럼 포근한 미소를 지었다.

"자네도 모르는 걸 내가 어찌 알겠는가. 폐하께서 오시면 알게 될 터이니 조금만 더 기다려 보세."

"네. 대감."

바로 그때였다. 밖에서 대전내관의 목소리가 들려왔다.

"태왕 폐하 납시옵니다."

나타남을 알리는 아룀과 함께 거련은 편전 안으로 들어섰다. 국상 고구를 위시한 5부족 수장들은 물론 그 자리에 참석한 문무백관 모두가 머리를 숙여 거련을 맞았다. 파초선을 받쳐 들고 뒤를 따르는 시궁들의 표정엔 극진한 정성을 다하느라 자못 긴장감마저 떠올라 있었다. 용상에 좌정한 거련은 우선 아래에 시립해 있는 신하들의 얼굴을 주욱 둘러보는 것을 잊지 않았다. 그리고는 고개를 몇 번 끄덕거려 보인 후, 이윽고 그 첫 말문을 열었다.

"오늘 이렇게 편전회의를 연 것은 새롭게 조정을 개편하기 위함이오!"

"개편이라니요?"

"그게 무슨 말씀이시옵니까?"

"이제 그동안 계획한 일을 시작할 때가 온 것이니 모두 아무 말 마시오."

그리고는 국상을 불렀다.

"국상!"

"네. 폐하."

"짐 대신 그대가 발표하도록 하라!"

"알겠사옵니다. 폐하."

국상 고구는 조심스럽게 전문을 받아 들고는 큰 목소리로 말하는 것이었다.

"그럼 폐하를 대신해 발표하겠소이다. 시조 추모성왕(鄒牟聖王)께 서 처음으로 기틀을 세우시고, 주류왕(朱留王)께오서는 나라의 기반 을 다지셨으니. 이 모든 것이 나라의 법과 그 근본을 튼실하심에서 비롯되었도다.

… (중략) …

비록 국통이 잠시 흔들린 적이 있었으나, 열성조 조상들의 은덕에 힘입어 오늘에 이르렀도다. 이에 숭고한 정신을 이어받아 내치에 힘 써 온지 어언 수 십년, 이제 선왕의 유지를 지키고자 하니 경들은 진충갈력하여 나의 뜻을 받들지어다."

조서(詔書)를 다 읽은 국상은 거련에게 살짝 고개를 숙인 후, 자기 자리로 돌아갔다. 그러자 태대형 막공우득이 주저하다가 조심스레 말문을 열었다.

"선왕의 유지라 하오시면..."

"짐작한 대로 백제를 칠 것이오."

"하오나 폐하, 모든 일에는 명분과 선후가 있는 법이옵니다. 더욱이 지금 같이 정벌에 나설 경우, 그 중요성이야 두말할 필요도 없사온데 대체 무슨 명분으로 치려하시옵니까?"

"명분은 이미 가지고 있으니 더 논하지 않아도 될 것이오."

그러자 막공우득이 또 다른 문제를 제기하였다.

"설사 그건 논외로 치더라도 해결해야 할 문제가 한 두가지가 아니옵니다. 당장 군비부터 늘려야 하는데 그게 어디 하루아침에 되는 일이옵니까? 더욱이 곧 있으면 추수기이옵니다. 헌데 이번 출정으로 인해 백성들이 제때 추수하지 못 한다면 이는 결코 나라에 좋은 일이 아니옵니다. 감히 고하오니 부디 헤아려 주시옵소서."

듣는 사람으로 하여금 절로 고개를 끄덕이게 만드는 상당히 일리 있는 말이었다. 하지만 무슨 이유인지 거련에게선 그 어떠한 표정의 변화도 보이지 않았다. 그러다 이내 의미심장한 미소를 지었다.

"설마 태대형은 짐이 그런 것도 생각 안하고 이번 일을 시작하였다고 보는가?"

"그런 것이 아니오라...."

"아니라면 됐네."

이어 장계 하나를 들어 올리더니 말하였다.

"이건 개로왕이 북위의 황제에게 보낸 국서(國書)요. 여기에 뭐라

적혀 있는지 잘 들으시오! "

그리고는 국서를 펼쳐 읽어 내려갔다.

"신은 나라가 동쪽 끝에 서 있고 승냥이와 이리[豺狼:고구려]가 길을 막아, 비록 대대로 신령한 교화를 받았으나 번병(藩屏)의 예를 바칠 수 없었습니다. 멀리 천자의 대궐을 바라보면 달리는 정이 끝이 없습니다. 바라건대 하늘 신[神]과 땅 신[祇]이 감응을 드리우고 황제의 신령이 크게 살피셔서 황제의 궁궐에 능히 도달하여 신의 뜻을 펴 드러낼 수 있다면 비록 그 소식을 아침에 듣고 저녁에 죽는다고 하더라도 길이 여한이 없겠습니다.

신은 고구려와 더불어 근원이 부여에서 나왔습니다. 선세(先世)때에는 옛 우의를 두텁게 하였는데 그 할아버지 쇠(釗)[고국원왕]가 이웃 나라와의 우호를 가벼이 저버리고 친히 군사를 거느리고 신(臣)의 국경을 함부로 짓밟았습니다. 저의 할아버지 수(須)[근구수왕]가 군사를 정비하여 번개같이 달려가 기회를 타서 잽싸게 공격하니, 화살과 돌(矢石)로 잠시 싸운 끝에 쇠(釗)의 목을 베어 달았습니다. 이로부터 고구려는 감히 남쪽을 돌아다보지 못하였습니다. 허나 풍씨(馮氏)의 운수가 다하여서 남은 사람들이 도망해 오자 추악한 무리들[醜類:고구려]이 점차 성해져서 드디어 우리는 능멸과 핍박을 당하게 되었으며, 원한을 맺고 병화가 이어진 지 30여 년에 재물도 다하고 힘도 고갈되어 점점 약해지고 위축되었습니다.

… (중략) …

지금 연(璉)[장수왕]은 죄가 있어 나라가 스스로 으깨어지고, 대신(大臣)과 힘센 귀족들을 죽이고 살해하기를 마지않아, 죄가 차고 악이 쌓여 백성들은 무너지고 흩어졌습니다. 이는 멸망시킬 수 있는 시기요 손을 쓸 때입니다. 또 풍족(馮族)의 군사와 말들은 새와 짐승이 주인을 따르는 정을 가지고 있으며, 낙랑(樂浪)의 여러 군(郡)들은 고향으로 돌아갈 생각을 품고 있으니, 천자의 위엄이 한번 떨치면 정벌은 있을지언정 싸움은 없을 것입니다.

신은 비록 민첩하지 못하나 뜻을 다하고 힘을 다하여 마땅히 예하 군대를 거느리고 위풍을 받들어 호응할 것입니다. 또 고구려는 의롭지 못하여 반역과 속임수가 하나만이 아닙니다. 겉으로는 외효가 번국으로서 낮추어 썼던 말을 본받으면서 속으로는 흉악한 재앙과 저돌적인 행위를 품어, 혹은 남쪽으로 유씨(劉氏)와 내통하였고 혹은 북쪽으로 연과 맹약하여 서로 입술과 이[齒]처럼 의지하면서 왕법을 능멸하려 꾀하고 있습니다. 옛날 요임금은 지극한 성인이었지만 단수(丹水)를 쳐서 벌주었으며, 맹상군(孟嘗君)은 어진 사람이라고 일컬어졌지만 길에서 욕하는 말을 못들은 채하지 않았습니다. 졸졸 흐르는 물도 마땅히 빨리 막아야 하는데 지금 만일 고구려를 치지 않으면 장차 후회를 남기게 될 것입니다. 지난 경진년(庚辰年) 후에 우리나라 서쪽 경계의 바다 가운데서 시체 10여 개를 발견하고 아울러 의복(衣服)과 기물(器物) 등을 습득하였는데 살펴보니 고구려의 물건이 아니었습니다. 후에 들으니 이는 곧 황제의 사신이 신의 나라로 내려오던 중 큰 뱀[長蛇:고구려]이 길을 막아 바다에 빠진 것이라 합니다. 비록 자세히 알 수는 없으나 깊이 분노를 품게

됩니다. 적을 이겨 이름을 세우는 것은 아름답고 높기가 그지없습니다. 저 구구한 변방의 나라들도 오히려 만대의 신의를 사모하는데 하물며 폐하는 기개가 하늘과 땅에 합하고 세력은 산과 바다를 기울이는데 어찌 더벅머리 아이[小堅:고구려 왕]로 하여금 황제의 길을 걸터 막게 하겠습니까. 이제 습득한 안장을 올리니 이 하나로서 사실을 징험하십시오. "

벌써 몇 번이나 본 건지만 다시 봐도 화가 나는지 거련은 국서를 바닥으로 내동댕이쳤다.

"이는 고구려와 짐을 능멸한 것이나 마찬가지오. 이것만으로 명분은 충분하니 선왕의 유지가 아니였더라도 백제를 쳤을 것이오. 여러 의견을 충분히 듣고 고심 끝에 내린 결정이니 더 이상의 반론은 용납 치 않을 것이오."

거련의 추상같은 명령에 순간 편전 안은 무거운 침묵 속으로 빠져 들었다.

그렇게 일각(一刻)정도 흘렀을까? 백발이 성성한 노대신이 침묵을 깨고 아뢰었다.

"폐하, 소신이 한 말씀 올려도 되겠는지요?"

"말씀 하시오."

"폐하의 결심이 확고하신 듯 하니 더 이상의 반론은 하지 않겠사옵니다. 대신 듣고 싶은 것이 있사옵니다."

"그것이 무엇이오?"

그러자 노대신, 중외대부 걸사상록은 눈빛을 빛내며 말했다.

"본시 전쟁터란 생사를 장담할 수 없는 곳이옵니다. 하여 수많은 목숨이 걸린 일인 만큼 모든 일에 신중에 신중을 기해야 할 것이옵니다. 해서 언제, 어디서, 무슨 계책으로 공격 하실 생각이신지 듣고 싶사옵니다."

"그건 짐보다 더 자세히 설명해 줄 사람이 있소이다. 발위사자!"

"네. 폐하."

"그대가 이번 일을 입안하였으니 직접 나와서 설명하도록 하게!"

"알겠사옵니다. 폐하."

발위사자는 앞으로 걸어 나오더니 지도가 그려져 있는 곳에 섰다. 고구려, 백제, 신라의 영토가 그려져 있는 지도였다.

"모두 여기를 주목해 주십시오."

그리고는 지도의 어느 한 곳을 가리키며 말했다.

"우리는 바로 여기 한성을 공격해 점령을 할 것입니다."

"지금 무슨 말을 하는 것이오? 한성이라니?"

"그게 가당키나 하는 소리요?"

편전 안이 잠시 소란해지자 거련이 손을 들어 제지했다. 발위사자는 아무렇지 않은 듯 다시 말을 이었다.

"아시다시피 지금 백제는 연이은 큰 공사로 인해 국고는 완전히 바닥을 드러냈고, 민심마저 흔들리고 있는 실정입니다. 이 기회를 놓치지 않고 매섭게 몰아 부친다면 한성 함락은 시간문제일 것입니다. 더욱이 우리 군사들은 몇 년 동안 은밀히 맹훈련을 해 왔기 때문에 지금 당장 출정한다 해도 큰 문제는 없습니다. 속히 군 편제를 마치고 출정 준비에 들어가야 할 것입니다."

"경들은 들었는가?"

"네. 폐하."

"그럼, 계획에 차질이 없도록 출정 준비에 박차를 가해 주기 바라오."

"삼가 명을 받들겠나이다."

만조백관들의 외침에 편전 안이 울리는 것 같았다.

제 5장

양의전으로 돌아 온 거련은 의자에 깊숙이 앉아 생각에 잠겼다. 요즘 그는 가급적 아군의 피해를 최소화하는 방안을 찾는데 주력하고 있었다. 이제야 좀 쉬려는지 자리에서 일어나 창문 쪽으로 걸어 갔다. 창문을 열자 넓고 거대한 안학궁의 모습이 한눈에 들어왔다. 이어 열려진 창문 사이로 시원한 바람이 머릿결을 스쳐 지나갔다. 그러자 기분전환도 되고 복잡했던 머리가 한결 맑아지는 기분이었다. 대전내관인 조치겸의 목소리가 들린 게 바로 그때였다.

"폐하. 태자 전하 드셨사옵니다."

"들라하게."

이윽고 한 인물이 안으로 들어섰다. 어깨까지 내려오는 짧으면서도 긴 듯 한 흑발, 작고 갸름한 얼굴선, 그 얼굴 위에 흑요석처럼 촘촘히 박혀있는 검은 눈동자 등 전체적으로 이목구비가 그린 듯이 선명하였다.

태자 나운(羅雲)

거련의 손자로, 고추대가인 아버지가 일찍 죽자 470년 5월 태자로 책봉되었다. 그 후 누구도 따라올 수 없을 정도로 뛰어난 통찰력과 정치적 안목으로 후계자로서 손색이 없다는 평가를 받고 있었다.

"폐하. 찾으셨사옵니까?"

"오냐. 어서 이리 와 앉거라."

"네."

나운은 조심스럽게 다가가 맞은편 의자에 앉았다.

"차 한 잔 하겠느냐?"

"네!"

거련은 탁자 가운데 있는 다기를 들어 나운의 앞에 놓인 찻잔에 차를 따랐다. 이내 방안에는 뜨거운 수증기와 함께 그윽한 향기가 퍼져 나갔다. 나운은 잔을 들어 한 모금 들이 마신 뒤 내려 놓으며 말했다.

"흐음— 향이 정말 좋군요."

"마음에 들면 갈 때 가져 가거라."

"네."

이내 고개를 들어 거련의 얼굴을 바라보던 나운은 염려스러운 표정을 지으며 말했다.

"폐하, 용안이 좋지 않사옵니다. 혹 어디 편찮으시옵니까?"

"짐은 괜찮으니 너무 신경 쓰지 말거라."

"폐하께선 만백성의 어버이이기 때문에 옥체를 보존하는 것 역시 폐하의 의무라고 생각이 되옵니다. 허니 작은 증상이라도 결코 소홀히 해서는 아니 될 것이옵니다."

"알았느니, 그만 보채거라."

말은 그렇게 하면서도 싫지는 않은 듯 거련은 너털웃음을 터뜨렸다. 그 모습에 나운도 살며시 미소를 지어보였다. 그리고는 이내 본론으로 들어갔다.

"편전회의에서 한성에 대한 공격을 공표하셨다고 들었사옵니다."

"그렇다. 조만간 출정하게 될 것이다."

"또 친정(親征)하실 생각이시옵니까? 이번에는 이곳에 계시는 것이 어떻사옵니까?"

"이번이 마지막 일 것이니 걱정하지 말거라."

"폐하의 고집을 누가 말리겠사옵니까."

"하하하하!"

"하하하하!"

그 말에 거련과 나운은 서로를 마주보며 파안대소했다.

"아무튼 짐이 없는 동안 이 나라를 잘 지켜야 하느니라."

"국상과 잘 논의해서 할 것이니 폐하께서는 조금도 걱정하지 마시옵소서."

"그래, 태자만 믿고 있겠다."

"그럼 전 이만 물러가 보겠사옵니다."

나운은 자리에서 일어나 거련에게 예를 표한 후, 양의전에서 나와 곧바로 태자궁으로 향했다.

삼일이 지나고서야 국상 고구는 거련을 다시 찾았다. 군 편제에 대한 보고와 국정 현안 전반에 관해 논의하기 위해서였다. 고구는 고개를 숙여 예를 갖추었다.

"그간 옥체 평안하셨는지요?"

"국상의 염려 덕분에 잘 지냈소이다."

"황은이 망극하옵니다. 폐하."

잠시 후 고구는 장계를 올리며 말했다.

"폐하, 군 편제를 마쳤사옵니다. 확인해 보시옵소서."

"그럼 어디 한번 봅시다."

이윽고 만족스러운 표정으로 고개를 끄덕이던 거련은 이내 장계를 내려놓았다.

"이대로 준비해 주시오. 그리고...."

"네. 폐하."

"당장 신라에 사신을 보내 군사지원을 요청한다고 하시오. 직접적인 무력충돌은 일체 벌어지지 않을 것이고, 단지 국경 부근에 군사들을 배치하기만 하면 된다고 하시오."

그 말에 고구는 잠깐 생각하더니 곧 탄성을 질렀다.

"방금 그 말씀은...."

"짐작한 대로요. 그리되면 아무리 백제라 해도 가만히 앉아서 지켜만 보지는 않을 것이오. 자연히 신경이 그쪽으로 쏠릴 것은 자명한 일, 우린 그 틈을 이용해 한성으로 진격하면 되는 것이오."

"절묘한 계책이옵니다."

"문제는 시간과의 싸움이오. 우리의 출정식에 맞춰 신라가 군사를 이동해야 할 것이오. 사신에게 이점을 분명히 전달하도록 하시오."

"네. 폐하!"

이어 거련은 목이 마른지 앞에 놓인 찻잔을 들어 한 모금 마시고는 내려놓으며 말했다.

"그건 그렇고 북위의 상황은 어떠하오?"

"황제가 어리다는 이유로 아직도 풍태후(馮太后)가 섭정을 하고 있사옵니다. 헌데 삼장제(三長制)·균전제(均田制) 등 과감한 제도개혁을 단행하여 백성들로부터 큰 지지를 얻고 있다 하옵니다."

"쉽지 않았을 터인데 그런 일을 해내다니....실로 놀라운 일이 아닐 수 없군. 북위에게도 사신을 보내 그곳 사정을 소상히 알아오도록 하시오."

"알겠사옵니다. 폐하."

거련은 차를 한 모금 더 마시고는 말을 이었다.

"아직 보고할 것이 남았소이까?"

"몇 가지 있지만 그리 중요한 문제는 아니옵니다."

"그럼 오늘은 여기까지만 하지. 짐은 너무 피곤해서 좀 쉬어야겠소."

"하오면 소신 이만 물러가옵니다. 편히 쉬시옵소서."

"조심해서 가시오."

이윽고 고구가 문을 열고 나가자, 거련은 가만히 눈을 감은 채 휴식을 취하였다.

제 6장

한성은 백제의 첫 번째 도읍지로 북쪽은 한수(漢水)를 띠고, 동쪽은 고악(高岳)을 의지하고 있으며, 남쪽은 기름진 옥토를 바라보고, 서쪽은 큰 바다로 막혀 있다. 고구려를 건국한 주몽의 아들 온조와 비류 두 형제는 건국을 위해 바쳤던 모든 공을 뒤로 하고 남하하였다. 온조는 한강 북쪽 위례성에 자리 잡고 비류는 미추홀(지금의 인천)에 터전을 잡았다. 그 후 위례성의 백성들이 풍요롭게 살고 있는 것을 본 비류는 부끄러워 탄식하다가 죽었다. 이
에 온조가 그 백성을 받아 14년(BC 5)에 남쪽으로 천도한 후 고대국가로서의 기틀을 갖추고 찬란한 문화를 꽃피웠다.

한편, 백제 조정에서는 시시각각으로 위기 상황을 전해 오는 보고에 접하며 그 대책 논의에 부심하고 있었다. 이날의 아침 조회는 그 어느 때보다 분위기가 가라앉은 가운데 열렸다. 현안이 다급한 것은 이루 말할 수 없을 지경이었다. 가장 먼저 개로왕이 목전의 난국을 반영하기라도 하듯 매우 침통한 목소리로 말했다.

"설상가상이라더니 참으로 일찍이 없었던 난감지경이로다. 하여 경들의 의견을 듣고자 하니

좋은 묘책이 있거든 기탄없이 말해 보도록 하시오."

내법좌평 관달이 조심스럽게 아뢰었다.

"현재 가장 시급한 일은 하루라도 빨리 국경에 군사를 보내는 것이옵니다."

"그리 하시옵소서."

"지체하실 일이 아니옵니다."

대신들이 기다렸다는 듯 모두 한 목소리로 말하자 개로왕은 작게 고개를 끄덕였다.

"그럼 얼마를 보내면 되겠는가?"

"신라보다 많아야 하니 일만은 되어야 할 것이옵니다."

"일만이라....좀 많군."

개로왕이 다소 놀란 듯 한 표정을 짓자 병관좌평은 고개를 더욱 숙이며 말했다.

"국경을 방비하기 위해선 그 정도는 필요하옵니다."

"병관좌평!"

"네. 폐하."

"일만이나 되는 군사를 모을 수 있겠소?"

"시간이 좀 걸리겠지만 가능하옵니다."

그 말에 개로왕은 굳어있던 표정을 풀고 환한 미소를 지었다.

"좋소! 허면 그 문제는 병관좌평이 맡아서 하도록 하시오."

"네. 폐하."

"그건 그렇고 고구려의 상황은 어떠하오?"

"아직 별다른 움직임이 없사옵니다."

"그것 참 이상하군. 이렇게 가만히 있을 고구려가 아닌데……"

조정좌평은 약간 의아한 표정으로 되물었다.

"하지만 폐하, 고구려가 가만히 있어 주는 게 오히려 더 좋은 일이 아니옵니까?"

"그렇긴 하다만 영 마음이 놓이지 않는군."

"정 그러시다면 첩자를 보내 고구려 사정을 살펴 오게 하는 것이 어떠하옵니까?"

"그것이 좋겠군. 허면 조정좌평이 이일을 맡아서 하게!"

"알겠사옵니다."

"절대 실수가 있어서는 아니 될 것이오."

"네. 폐하."

이어 개로왕은 좌우의 신하들을 둘러보며 말했다.

"경들은 들으시오!"

"네. 폐하."

"지금의 위기를 슬기롭게 넘길 수 있도록 모두 맡은 일에 최선을 다해주기 바라오. 그럼 오늘 조회는 이것으로 마치겠소."

그로부터 보름 후인 475년 8월 초닷샛날, 거련은 백제 정벌을 위한 출정에 나섰다. 태왕에 즉위한 이후 다섯 번째 친정(親征)이었다. 하지만 이제 그도 팔십을 바라보는 나이였기에 이번이 마지막이라는 것은 누가 봐도 당연지사였다. 그래서인지 어느 때 보다 철저히 준비하였음은 두 말할 나위가 없었다. 군사 방초는 물론 진무 대장군을 비롯하여 모두수 장군, 해모의월 장군등 기라성 같은 명장들이 함께 하였다. 고구려의 이번 출정군은 기병 2만, 보병 2만, 도합 4만으로 구성되어 있었다. 그리고 각 군 모두 기병 5천씩을 고루 포함하여 각 1만씩 모두 4군으로 편성되었다. 그 내용은 이렇다.

　　전군 총지휘자 – 거련
　　작전 총사령관 – 군사 방초
　　전군 교율자 – 대장군 진무
　　1군 대장 – 장군 모두수
　　2군 대장 – 장군 해모의월
　　3군 대장 – 장군 모후돈
　　4군 대장 – 장군 위홀

　　거련의 백제 정벌군은 이렇게 가장 효율적으로 정예구성을 이룬 것이다. 중앙군 4만을 이끌고 평양성을 출발한 지 여드레 만에, 한성으로 향하는 첫 길목이자 관문인 적성에 당도하였다. 이곳은 한강

유역 확보를 위한 전초기지이자 전략적·정치적으로 중요한 성이었다. 그 때문에 수세기 동안 이곳을 차지하기 위해 치열한 전쟁이 계속되었다. 성주의 집무실에서 휴식을 취하고 있던 거련은 무심코 창밖으로 시선을 돌렸다. 하늘엔 눈부신 햇빛이 내리쬐고 있었다. 단풍도 붉게 물들고 정말 완연한 가을이었다. 어제는 때 아닌 눈으로 겨울이 오는가 싶더니 오늘은 언제 그랬냐는 듯 햇살이 싱그럽게 빛나고 있었다. 서늘했던 바람 또한 제법 따스해졌다. 회의 준비가 다 되었다는 전갈이 온 것은 이로부터 두 식경이 지난 무렵이었다.

"폐하, 회의 준비가 다 되어 모두들 폐하께서 납시기만을 기다리고 있사옵니다."

"알았느니라."

조치겸의 보고에 거련은 지체 없이 대전으로 향하였다.

"태왕 폐하 납시옵니다."

거련이 안으로 들어서자 대전에 모여 있던 제장들이 모두 자리에서 일어났다. 그리고는 머리를 숙여 거련을 맞았다. 상석에 앉은 거련은 잠시 동안 주위를 둘러보더니 이윽고 그 첫 말문을 열었다.

"모두 자리에 앉으시오."

"네, 폐하."

제장들이 모두 자리에 앉자 거련은 대장군 진무를 바라보며 말했다.

"대장군."

"네, 폐하."

"척후병은 계속 보내고 있소?"

"네. 한시진마다 보내고 있사옵니다."

"새로 들어 온 소식은?"

"조금 전에 받은 보고에 의하면 백제가 어제 국경 쪽으로 군사를 이동시켰다고 하옵니다. "

정말 듣던 중 반가운 소식이었다. 거련은 여유로움이 한껏 물든 미소를 지으며 고개를 끄덕였다.

"그 수가 얼마나 된다고 하던가?"

"족히 일만은 되어 보인다고 하옵니다."

"일만이라.....좋소. 새로운 소식이 계속 들어오는 대로 짐에게 보고토록 하시오."

"네, 폐하."

이어 거련은 해모의월 장군을 지그시 바라보며 말했다.

"그건 그렇고 우리 군사들은 어떻게 하고 있소?"

"경계를 서는 군사를 제외하고는 모두 휴식을 취하고 있사옵니다."

"휴식과 함께 음식을 넉넉하게 나눠줘야 할 것이오."

"이미 그리 하도록 조치해 놓았사옵니다."

해모의월 장군의 믿음직스런 말에 거련은 수염을 쓰다듬으며 가볍게 고개를 끄덕였다. 그리고는 좌중을 한번 돌아본 후 말을 이었다.

"잘 하였소. 제장들은 들으시오!"

"네. 폐하."

"모두 들었다시피 계획한 일이 순조롭게 진행 중이오. 허나 방심은 금물, 절대 긴장의 끈을 놓아서는 아니 될 것이오."

"알겠사옵니다. 폐하."

"우린 내일 아침 일찍 최종 집결지인 아차성으로 출발할 것이니 만반의 준비를 갖추도록 하시오."

"네. 폐하."

이윽고 제장들은 자리에서 일어나 밖으로 나갔다. 혼자 남은 거련은 이내 눈을 감고 깊은 생각에 빠져 들었다.

예정대로 다음날 아침 아차성으로 출발하였다. 적성에서 충분한 휴식을 취한 덕분인지 진군 속도가 전보다 더 빨라졌다. 양주를 지나 왕숙천을 끼고 남하한 후 아차산 줄기를 따라 교두보를 확보하였다. 아차성에 당도한 건 그로부터 이틀이 더 지난 후였다. 아차성 성주 연국민의 안내를 받으며 안으로 들어갔다. 내성(內城)으로 들어서기 전 거련은 잠시 뒤로 돌아섰다. 결전의 순간이 코앞으로 다가 왔음을 아는지 군사들의 얼굴에 비장함마저 느껴졌다. 거련은 고개를 끄덕이고는 임시 지휘소로 향했다. 임시 지휘소에 도착하자마자 비상회의를 소집했다. 일각 정도의 시간이 흐른 후 참석인원이 모두 모이자 곧바로 회의를 시작했다.

"제장들은 들으시오."

"네. 폐하."

"드디어 결전의 순간이 다가 왔소. 마지막까지 계획대로 일이 진행될 수 있도록 최선을 다해 주기 바라오."

이어 군사를 불렀다.

"군사. 짐 대신 그대가 발표하도록 하라!

"알겠사옵니다. 폐하."

군사 방초는 조심스럽게 장계를 받아 들고는 큰 목소리로 말하는 것이었다.

"그럼 폐하를 대신해 발표하겠소이다. 먼저 4군 대장 위홀 장군."

"네!"

방초는 각 지휘관의 이름을 지명하며 점차 그 구체적인 작전 내용을 설명하였다.

"위 장군은 기병 오천을 모 장군의 1군에 인계하고, 나머지 보병 오천만으로 우회하여 성을 공격토록 하라."

"알겠사옵니다."

"성 뒤쪽으로 돌아 적당한 곳에 숨어 있다가 척후병을 내보내 염탐한 후, 적절한 시기가 포착되는 즉시 작전을 전개하라."

"네!"

"다음, 1군 대장 모두수 장군."

"네!"

모두수 장군은 약간 긴장된 마음으로 그의 다음 말을 기다렸다.

"모 장군은 4군에서 인계받은 기병 오천을 합친 도합 만 오천 명의 병력으로 역시 우회하여 성 각 좌우에 매복해 있다가 교전이 벌어지는 즉시, 아군의 선봉으로 위장한 2군과 연계하여 포위·협공전을 전개하라."

　"알겠사옵니다."

　"다음, 2군 대장 해모의월 장군."

　"네!"

　"해모 장군은 2군으로 하여금 아군의 선봉으로 위장하여 적을 유인케 하고, 모 장군의 1군과 연계하도록 하라."

　"알겠사옵니다."

　방초는 이어 모후돈 장군을 바라보며 말했다.

　"다음, 3군 대장 모후돈 장군."

　"네!"

　"장군은 기병 오천을 각 일천씩 다섯 부대로 나누어 넓게 퍼져 신속하게 전장의 곳곳을 휘저으며　적의 매복이 예상되는 곳마다 화공을 가하여 적의 유무를 아군에게 확인시키고, 또한 적을 유인토록 하라."

　"알겠사옵니다."

　"다음, 3군의 보병 오천은 후군의 역할을 맡는다."

　작전 지시가 모두 끝나자 방초는 자리에 앉았다. 거련은 제장들을 둘러보며 말했다.

　"이제부터는 한 치의 실수도 있어서는 아니 될 것이오. 일에 차질이 생기면 엄히 추궁할 것인 즉, 이 점 각별히 유념토록 하시오."

"네. 폐하."

"이틀 후에 개시할 것이니 모두 돌아가 맡은 바 소임을 충실히 수행하도록 하시오."

제 7장

고구려군이 아차성을 나온 건 새벽녘이었다. 거련이 맨 앞에 섰고 군사 방초와 대장군 진무가 그 뒤를 따랐다. 현재 백제의 상황은 좋지 않았다. 열흘이 넘도록 국경에서 신라와 대치하고 있기 때문이다. 아직까지는 무력충돌은 없었지만 피 말리는 대치로 인해 살얼음판을 걷고 있었다. 특히 대규모 공사로 인해 국고가 바닥나 군사들을 모으는데 여의치 않자 귀족의 사병까지 동원해 간신히 만 명을 채울 수 있었다. 거련은 이 사실을 잘 알기에 군사를 재정비 하자마자 출정을 한 것이다. 거련은 대장군 진무를 바라보며 말했다.

"한성까지 얼마나 걸릴 것 같나?"

"늦어도 정오에는 당도할 것이옵니다."

"정오라...시간은 충분하군."

거련은 하늘을 응시한 채 가볍게 고개를 끄덕였다.

"참 1군과 4군은 계획대로 움직이고 있는가?"

"네. 한 시진 전에 출발하였으니 거의 당도하였을 것이옵니다."

"그건 그렇고 국경에 있는 신라군에게 연통을 보낸 일은 어찌 되었나?"

"아직 답신이 오지 않았사옵니다."

진무의 말에 거련은 잠시 다른 곳에 눈을 두어 생각에 잠기는 듯 하더니 곧 천천히 입을 열었다.

"아무쪼록 신라가 잘해줘야 할 텐데..."

"그리 될 것이니 조금도 염려 마시옵소서."

"암, 그래야지."

거련은 부드러운 미소를 지으며 고개를 끄덕였다.

"좀 더 서두르게!"

"네. 폐하."

"서두르라신다."

"어서 서둘러라."

그 같은 외침에 군사들의 발걸음은 좀 전보다 훨씬 빨라졌다.

고구려군은 한성으로부터 약 삼십여 장 정도 떨어진 곳에 군영을 설치하였다. 중앙의 지휘막사에서는 두 사람이 앞으로의 행보에 대해 논의하고 있었다. 바로 거련과 군사인 방초였다.

"군사!"

"네. 폐하."

"이제 저기만 넘으면 한성이네."

거련은 잠시 말을 멈추고 창밖을 바라보다 말을 이었다.

"이번에 무슨 일이 있어도 반드시 개로왕을 사로잡아야 하네."

"네. 폐하."

이어 방초는 눈빛을 빛내며 말했다.

"헌데 만약 개로왕을 놓치면 어찌하옵니까?"

"우리의 계획대로만 된다면 그럴 일은 없을 것이네."

거련은 방초의 눈을 똑바로 바라보았다.

"하지만 세상일은 아무도 모르는 법, 사소한 것 하나라도 가볍게 넘겨서는 아니 될 것이야."

"명심 또 명심하겠나이다."

그의 말에 거련은 흡족한 표정으로 고개를 끄덕였다. 바로 그때였다. 밖에서 목소리가 들려왔다.

"폐하, 진무이옵니다."

"들어오게."

이윽고 대장군 진무가 안으로 들어오더니 고개를 숙여 예를 갖추었다.

"그래 무슨 일인가?"

"시각이 다 되어 가옵니다. 명을 내려 주시옵소서."

"벌써 미시란 말인가?"

"네. 폐하."

"공격준비는 다 되었는가?"

그 물음에 진무는 아무 망설임도 없이 답했다.

"이미 완벽하게 마쳤사옵니다. 지금 모두 폐하의 명만 기다리고 있사옵니다."

"그럼 지금 당장 공격신호를 보내시오."

"네. 폐하."

진무는 명을 받자마자 황급히 막사 밖으로 나갔다.

본진보다 먼저 출발했던 1군은 한성을 지척에 두고는 은신처를 마련하였다. 1군 대장인 모두수는 탁자 앞 의자에 앉아서 지도를 살펴보고 있었다. 모두수의 조상은 일찍이 추모왕이 부여에서 내려올 때 따라 나온 건국공신이었다. 특히 모용선비족과의 싸움에서 큰 공을 세워 가문을 일으켜 세웠으며 북부여 수사를 지낸 명문가였다. 그 또한 광개토태왕을 따라 수많은 전쟁터를 누비며 혁혁한 전공을 세웠다. 그 후 공을 인정받아 410년 장군의 직위에 올랐다. 장군이 된 이후에도 누구보다 선봉에 앞장서 군사들로부터 존경을 받고 있었다. 그런 이유 때문인지 그의 나이 육십임에도 불구하고 이번 친정에 출정하게 되었다. 물론 거련의 신임이 두터운 것도 하나의 이유이기도 하였다. 모두수는 무슨 깊은 생각을 하고 있는지 탁자를 손가락으로 톡톡 치는가 하면 고개를 좌우로 흔들기도 하였다. 바로 그때 한 인물이 안으로 허겁지겁 들어왔다. 숨을 가쁘게 내쉬는 것은 물론 땀이 비오 듯 쏟아지고 있었다.

"장군!"
"부관답지 않게 무슨 일인가?"

부관 안광성
말수가 적고 조용하나 사려 깊고 진중하여 맡은 일은 반드시 해내었다. 하여 십년 가까이 모두수의 곁에서 보좌하며 절대적인 신임을 받고 있었다.

안광성은 숨을 크게 내쉬며 말하였다.

"공격신호이옵니다. 드디어 기다리던 공격명령이 떨어졌습니다."

"뭣이? 그게 정말인가?"

"네. 나와서 직접 보십시오."

그 말에 모두수는 천막 밖으로 나왔다. 고개를 들어 하늘을 보니 검은 연기가 피어오르고 있었다. 공격하라는 신호임이 분명했다. 모두수는 뒤 돌아서 안광성을 바라보았다.

"정말이군. 자넨 당장 공격지점으로 이동할 준비를 하게!"

"네."

"시간이 많지 않으니 서둘러야 할 것이야."

"네. 장군님."

안광성이 어디론가 사라지자 모두수는 갑옷을 입기 위해 천막 안으로 들어갔다.

같은 시각, 4군 대장인 위홀도 공격신호를 확인하고는 부관을 불러 명령을 하달했다.

"지금 즉시 이동할 것이다. 모두 전투태세를 갖추도록 하라."

"네."

"시간이 생명이니 서두르게!"

"네. 장군님."

한편, 거련도 갑옷과 검으로 완전무장하고는 잠시 묵상을 하였다. 그러자 온통 덮여있던 안개가 걷히며 머리 속이 맑아지는 기분이었다. 몸도 왠지 가벼워 진 것 같았다. 허나 그것도 오래가지 못했다. 대장군 진무가 방해하였기 때문이다.

　"폐하, 시각이 다 되었사옵니다. 어서 연무장으로 납시옵소서."

　"알았네."

　지휘막사를 나온 거련은 제장들과 함께 연무장으로 향했다. 연무장은 이미 군사들로 발 디딜 틈이 없을 지경이었다. 먼저 거련은 출정하기에 앞서 연무장에 모인 군사들에게 당부의 말을 전했다.

　"용맹한 고구려 군사들이여! 드디어 결전의 날이 밝았도다. 감히 잠자는 사자의 코털을 건드린 댓가가 얼마나 큰지 만천하에 보여주도록 하라."

　거련은 잠시 말을 끊고 다시 말을 이었다.

　"허나 짐이 누차 강조하였듯이 고구려와 백제는 본시 한 민족이니 절대 필요 이상의 무고한 양민을 해치는 일이 없도록 하라. 만일 어느 누구라도 이를 어길 시에는 지위 고하를 막론하고 그 죄를 엄히 물을 것인 즉, 명심하도록 하라."

　"명심하겠나이다. 폐하."

　만족한 듯 고개를 끄덕인 거련은 이내 자신의 말에 올라탔다.

　"그럼 출발하지."

　"네. 폐하."

　잠시 후 거련과 고구려군은 아차성을 빠져 나왔다. 이어 반 시진 후 한성을 삼장거리에 두고 멈춰 섰다. 거련은 잠시 뒤로 돌아보았다. 끝도 없이 늘어선 고구려군의 모습은 실로 장관이었다.

그와 반대로 백제의 군사들은 혼비백산하여 어찌할 바를 모르고 우왕좌왕하였다. 거련은 고개를 들어 하늘을 쳐다보았다. 태양은 그 어느 때보다 환하게 내리쬐었고 하늘은 구름 한 점 없이 맑았다.

"대장군."

"네. 폐하."

"오늘따라 구름 한 점 없이 맑군. 전쟁하기 딱 좋아."

"네."

이어 진무대장군을 바라보며 말했다.

"지금쯤이면 1군과 4군은 공격을 시작했겠군."

"아마 그럴 것이옵니다."

"이제 우리 차례군. 대장군!"

"네. 폐하."

"우리 고구려의 무서움을 뼈 속까지 느끼게 해주세."

그리고는 칼을 뽑아 들었다.

"모두 공격하라!"

"공격하라!"

475년 11월 초 여샛날. 4만의 고구려군이 한성으로 진군함으로써 마침내 전쟁의 서막이 올랐다. 해모의월은 뒤를 돌아보았다.

"투척기를 준비하라."

그 말에 군사들이 바쁘게 움직였다. 이윽고 세대의 투척기가 앞으로 나왔다. 공성전을 할 때 반드시 필요한 것으로, 상대에게는 위협적인 무기라 할 수 있었다.

"돌을 올려라!"

"서둘러라!"

잠시 후 군사들이 돌을 올려놓은 걸 확인하자 한성을 바라보며 말했다.

"발사!"

"발사하라!"

그러자 한 군사가 양쪽으로 고정되어 있는 줄을 끊었다. 순간 텅~하는 소리와 함께 돌이 하늘 높이 치솟았다. 이윽고 성벽에 부딪히며 커다란 진동이 일었다. 고구려 특성에 맞게 제작해서 인지 실로 그 위력이 대단하였다. 백제의 군사들은 쉴 새 없이 쏟아지는 공격에 정신이 하나도 없었다. 어떻게든 대응을 하고자 해도 쉽지가 않았다. 더욱이 바람까지 도와주지 않아 화살을 쏘기가 어려웠다. 그 모습에 고개를 끄덕인 해모의월은 다음 명령을 내렸다.

"충차 앞으로!"

"궁병은 화살을 쏴 엄호하라!"

충차는 이번에 처음 투입되는 신무기로 그 파괴력은 상상을 초월하였다. 얼마나 놀라웠으면 거련이 직접 개발자를 불러 여러 차례 칭찬을 할 정도였다.

"불화살을 날려라!"

"계속 쏴라!"

충차가 조금씩 앞으로 전진 할 때마다 궁병들이 뒤따르며 화살을 쏘아댔다. 투척기로 인한 혼란이 채 정비되기도 전에 화살공격이 이어지자 백제의 피해가 속출하였다. 백제도 간헐적으로 화살을 날렸

지만 방패부대로 인해 모두 막히고 말았다. 허나 시간이 흘러 전열을 가다듬은 백제가 반격을 하자 고구려군도 피해가 발생하기 시작했다. 그러는 사이 충차가 성문 앞까지 당도하였다.

"성문을 부셔라!"

"조금만 더 힘을 내라!"

이윽고 충차가 성문으로 돌진했다. 쿵!!!.......쿵!!!......쿵!!!...... 성문이 금방이라도 부서질 듯 요동쳤다. 이에 위협을 느낀 백제가 성문을 향해 기름과 돌을 퍼부었다. 그리고는 불화살을 날리자 성문 앞은 그야말로 아비규환이 되었다.

"으... 으아악!!"

"사람 살려!"

차마 눈뜨고 볼 수 없는 참혹한 광경이 이어지자 이를 보다 못한 모후돈이 거련에게 아뢰었다.

"폐하, 아군의 피해가 점점 늘고 있사옵니다. 잠시 군을 물리시는 것이 어떠하옵니까?"

"그리 하시옵소서!"

"퇴각명령을 내려 주시옵소서."

제장들의 연이은 주청에 거련은 마지못해 승낙했다.

"좋소. 지금 당장 퇴각신호를 보내시오."

"네. 폐하."

잠시 후, 퇴각신호를 알리는 나팔이 울리자 고구려군은 지체 없이 뒤로 물러났다.

군영으로 돌아 온 거련은 곧바로 비상회의를 소집했다. 일각 정도의 시간이 흐른 후 참석인원이 모두 모이자 회의를 시작했다. 거련은 심기 불편한 표정을 지으며 입을 열었다.

"우리의 패인이 무엇이라 보는가?"

"백제의 군세가 생각보다 강했기 때문이옵니다."

"아니다."

"우리의 전략이 실패하였기 때문이옵니까?

"그것도 아니다. 전략은 완벽했다."

그러자 대장군 진무가 의아한 표정을 지었다.

"허면 무엇이옵니까?"

"바로 지나친 자만심과 자부심이오. 백제 정도는 쉽게 이길 수 있을 거라는 자만심과 고구려 최정예 부대라는 오만한 자부심으로 인해 이러한 결과를 초래하게 된 것이오."

거련은 예리한 눈빛을 빛내며 말을 이었다.

"특히 백제는 지금보다 더 단단히 대비할 것은 자명한 일. 하루라도 빨리 이 난국을 극복하지 못한다면 힘든 싸움이 될 것이오. 허니 좋은 방도가 있으면 말해 보시오."

"폐하, 소장이 한 말씀 올리겠나이다."

"말해 보시오."

모후돈은 마른침을 꿀꺽 삼켰다. 그리고 조심스레 입을 열었다.

"폐하의 말씀처럼 한성을 공략하기 위해선 새로운 전략을 세워야 할 것이옵니다. 해서 지금까지 모습을 드러낸 적이 없는 철갑기마대을 이용하는 것이옵니다."

"철갑기마대을 이용한다....어떻게 말인가?"

"먼저 투척기로 적의 혼을 빼 놓는 사이 궁병의 호위 하에 운제를 성벽에 갖다 대면 철갑기마대가 그것을 이용 성 안으로 들어가는 것이옵니다. 하여 성 안과 밖에서 동시에 협공을 가한다면 성문을 여는 것은 시간문제일 터. 그리되면 이번 전쟁은 끝난 거나 마찬가지이옵니다."

"정말 기발한 생각이오. 허나 철갑기마대가 성 안으로 무사히 들어 보내는 게 관건이겠군."

"네. 조금 더 시간을 주시면 그 문제를 해결할 수 있을 것이옵니다."

그러자 거련은 주위를 둘러보며 말했다.

"제장들은 어찌 생각하는가?"

"이보다 더 좋은 계책은 없을 것이옵니다."

"그렇사옵니다."

제장들이 모두 동의하자 거련은 흐뭇한 미소를 지으며 고개를 끄덕였다.

"좋소. 이번 일은 모후돈 장군이 맡도록 하시오!"

"네. 폐하."

"가능한 모든 지원을 아끼지 않을 테니 반드시 성공시키도록 하시오."

"신명을 다하겠나이다."

"모두 들으시오."

"네. 폐하."

거련은 새로 힘을 얻은 듯 결연한 표정을 지었다.

"한번 실수는 병가지상사라 했소. 이번 일을 기회 삼아 다음에는 한성을 꼭 함락시켜야 할 것이오."

"네. 폐하."

제 8장

그로부터 삼일 후. 고구려군은 다시 공격에 들어갔다. 아침부터 바람이 제법 매섭게 불었다. 허나 해모의월은 추위에도 아랑곳하지 않고 전방을 주시했다. 이윽고 정해진 시각이 되자 해모의월은 손을 들어 발사 명령을 내렸다.

"발사!"

"발사하라!"

명령이 떨어지자 군사들은 투척기에 있는 돌을 일제히 발사했다. 크게 반원을 그리며 날아간 돌은 정확히 성벽에 부딪히며 큰 충격음이 났다. 백제도 이에 질세라 투척기를 발사하였다. 이내 전장은 귀가 찢어질 듯 한 굉음으로 뒤덮었다.

"바로 지금이다. 운제 앞으로!"

"궁병은 화살을 쏴 엄호하라!"

해모의월의 연이은 명령에 군사들이 바쁘게 움직였다. 사거리가 멀고 관통력도 뛰어난 쇠뇌로 인해 고구려군은 차근차근 앞으로 나아갔다. 다급해진 백제의 반격이 점점 거세졌다. 운제를 향해 잇달아 화살을 퍼부었다.

"방패!"

모후돈의 명이 떨어지기 무섭게 어느 샌가 현무군이 방패로 앞길을 막아섰다. 그러자 마치 장마비처럼 쏟아지던 화살은 방패에 꽂히

거나 튕겨져 나갔다. 그 모습에 해모의월은 더욱 재촉하였다

"계속 발사하라!"

투척기의 공격이 이어지자 화살은 더 이상 날아오지 않았다. 군데군데 정말 목숨을 노리고 화살을 날리는 군사도 있었지만 그것도 오래 가지 못했다. 일단 목숨에 대한 위협이 사라지자 다시 앞으로 전진 하였다. 화살이 날아올 것을 대비해 현무군은 방패를 올리며 걸었다.

"이제 얼마 안 남았다."

"모두 긴장을 늦추지 마라!"

이윽고 고구려군이 성벽 가까이 다가섰다. 운제가 성벽에 닿자 모후돈은 철갑기마대를 바라보며 말했다.

"때가 되었다. 모두 출진하라!"

타닥 타다닥!

이내 말발굽 소리가 지축을 뒤흔들었다.

"어서 서둘러라!"

철갑기마대주인 사문혁의 말에 속도를 더 높였다. 날아오는 화살을 방패로 막으며 운제에 있는 사다리를 이용해 성을 넘었다. 마지막으로 넘은 사문혁은 주위를 둘러보았다. 성안은 이미 철갑기마대로 인해 아수라장으로 변해 있었다. 고개를 끄덕인 사문혁은 백제의 군사들 사이를 휘젓고 다녔다. 그의 앞길을 가로막는 것은 그것이 무엇이든 단칼에 베어 넘겼다.

때를 같이하여 성 밖에서도 공성무기를 동원해 맹공을 퍼부었다. 그러자 백제의 군사들은 어떻게 해야 할지 몰라 갈팡질팡하였다. 사

문혁은 앞에 있는 적을 베어 넘기고는 말하였다.

"우리의 목표는 성문이다. 성문을 공격하라!"

그 말에 철갑기마대는 성문을 향해 돌진했다. 아무리 죽기를 각오한 병사들이었지만 막상 막닥뜨린 상황은 그들의 그러한 결심을 일시에 물거품으로 만들어 버렸다. 이에 백제의 젊은 용장 저하장군이 용전분투의 칼을 휘두르며 군사들을 무섭게 독려하고 나섰으나, 그조차 별무소득에 그칠 뿐이었다. 무시무시한 기세로 뚫고 지나간 철갑기마대는 이윽고 성문을 열어 제쳤다. 성문이 열리는 걸 본 해모의월은 즉시 명령을 내렸다.

"전군 돌격하라!"

"지체 말고 성을 점령토록 하라!"

"와아아!

"와아아!"

성 밖의 나머지 고구려군 모두가 열린 성문을 통해 먼지를 자욱이 일이키며 마치 봇물처럼 성 안으로 쏟아져 들어가기 시작했다.

에필로그

같은 시각, 개로왕은 북성에 있는 대전에서 전황에 대한 소식이 오기를 기다리고 있었다. 주름 깊은 눈살에 수심이 가득하였다. 얼마 지나지 않아 묘몀 장군이 들어왔다.

"폐하!"

"무슨 일이오?"

"폐하, 지금 즉시 성 밖으로 피신하셔야 하옵니다."

그러자 개로왕은 해연히 놀라고 말았다.

"그게 무슨 말이오. 피신이라니..."

"고구려군이 성 안으로 들어 왔사옵니다."

"벌써 성문이 뚫렸단 말이오?"

"우선 피신하시옵소서."

"어디로 간단 말이냐. 어디로..."

"시간이 없사옵니다. 소장이 앞장서겠사옵니다."

개로왕은 힘없이 자리에서 일어나 대전을 나섰다.

한편, 모후돈 장군은 군사들을 이끌고 성 내를 돌아다니고 있었다. 개로왕을 반드시 사로 잡으라는 명이 있었기 때문이었다. 지금 고구려군은 사방에 퍼져 이 잡듯이 뒤지고 있었다. 허나 아직까지 생포했다는 소식이 오지 않고 있었다. 모후돈은 군사들을 더욱 재촉하였다. 바로 그때 한 군사가 뭔가를 발견한 듯 손가락으로 가리키며 말했다.

"장군. 저기를 보십시오."

군사가 가리키는 곳으로 눈을 돌리니 금박이 화려하게 장식된 용포를 입은 중년인과 일행이 보였다. 모후돈은 행여 놓칠세라 목소리를 높였다.

"개로왕이 저기 있다. 잡아라!"

명이 떨어지자 군사들은 빠른 속도로 뒤 쫓기 시작했다. 개로왕도 발각되자 죽을힘을 다해 도망쳤다. 남문에 도착한 개로왕은 황급히 멈춰서야 했다. 남문은 이미 고구려군에 의해 장악하고 있었기 때문이다. 고개를 돌리니 뒤에도 어느세 군사들로 겹겹이 에워싸고 있었다.

해모의월은 미소 지으며 앞으로 나왔다.

"완전히 포위되었소이다. 패배를 인정하고 항복하시오!"

그러자 묘명 장군이 허리춤에서 칼을 빼어들며 말했다.

"여기서 죽는 한이 있어도 항복이란 있을 수 없다!"

"더이상 피를 보고 싶지 않으니 순순히 무기를 버리시오."

"난 두 번 말하지 않는다."

그리고는 해모의월을 향해 칼을 겨누었다.

"어서 와라!"

"정말 죽고 싶은 모양이군."

해모의월은 스산한 미소를 지었다. 그러자 개로왕이 묘면 장군을 불렀다.

"장군."

"네. 폐하."

"모든 게 끝났소. 그만 칼을 버리시오."

"하, 하지만…."

"이건 명령이오."

"크으…"

묘면 장군은 원통하고 분한지 뺨을 타고 두 줄기 눈물이 흘렀다. 이어 칼을 땅에 떨어트렸다. 해모의월은 군사들에게 명했다.

"모두 포박하라!"

이윽고 개로왕과 묘면 장군은 포박당한 채 어디론가 끌려갔다.

고구려 본영의 지휘막사에서는 거련이 군사 방초와 함께 앞일에 대해 논의하고 있었다. 바로 그때였다. 밖에서 목소리가 들려왔다.

"폐하, 진무이옵니다."

"들어오게."

이윽고 대장군 진무가 안으로 들어오더니 고개를 숙여 예를 갖추었다.

"그래 무슨 일인가?"

"폐하, 드디어 백제의 왕을 사로잡았다 하옵니다."

"뭣이? 그게 정말인가?"

"네. 해모의월 장군이 지금 이곳으로 압송중이라 하옵니다."

"해모의월 장군이 큰일을 하였군."

거련은 흐뭇한 미소를 지었다. 방초와 진무대장군은 매우 기뻐하며 말했다.

"감축 드리옵니다. 폐하."

"감축 드리옵니다. 폐하."

"고맙네. 거의 도착할 듯 하니 이만 나가 보세."

"네. 폐하."

막사 밖으로 나와 보니 해모의월 장군이 군영 안으로 들어서고 있었다. 이윽고 거련 앞에 당도한 해모의월은 부복하며 말했다.

"폐하, 다녀왔사옵니다."

"정말 수고가 많았네."

"아니옵니다. 폐하."

해모의월이 뒤로 물러나자 고개를 돌려 개로왕을 바라보았다. 모든 것을 포기한 듯 해탈한 표정을 짓고 있었다. 거련은 한성을 가리키며 말했다.

"저기를 한번 보시오!"

한성이 공격으로 인해 성한 것이 드물게 느껴질 정도로 파괴되어 있었다.

"짐과 고구려를 능멸한 댓가가 어떠한지 이제 아시겠소?"

"내 비록 이렇게 대업을 이루지 못하고 가지만 언젠가 반드시 태자가 이 원한을 갚을 것이다."

"그게 가능하다고 보는가? '

"더 이상 할 말이 없으니 어서 죽여라."

"말이 안 통하는군. 정 그게 소원이라면 들어 줘야지."

거련은 진무대장군을 바라보며 말했다.

"대장군."

"네. 폐하."

"지금은 포로의 신세지만 일국의 왕이였던 만큼 대장군이 직접 보내 드리게."

"네. 폐하."

대답을 마친 진무대장군은 천천히 개로왕 앞으로 걸어갔다. 이어 칼을 빼내 들었다. 칼날은 햇빛에 반사되어 더욱 반짝거렸다.

"야아아!"

진무대장군은 칼을 아래로 내리 그었다.

"윽…"

개로왕은 짧은 신음과 함께 고개를 떨구었다. 비유왕의 뒤를 이어 왕위에 오른 개로왕은 부국강병을 꿈꿨으나 그 뜻을 이루지 못한 채 이렇게 생을 마감하게 되었다. 이윽고 거련은 말에 오르며 말했다.

"이제 한성으로 들어가세!"

"네. 폐하."

백제의 첫 번째 도읍지인 한성은 고구려군이 진입한 지 한시진도 안 돼 완전히 함락되고 말았다. 백제군은 별다른 저항도 못해 보고 항복하고 말았다. 투항하거나 포로로 잡힌 자만 무려 8천명이나 되었다. 그야말로 엄청난 전과였다. 이에 만족하지 않고 더욱 남하하여 아산만에서 소백산맥을 넘어 영일만까지 연결하는 지역까지 영토를 확장하였다. 이처럼 고구려는 광활한 영토와 중앙집권체제를 완비한 대제국이 되었다. 거련은 그로부터 16년 후인 491년, 98세를 일기로 생을 마감하였다. 훗날 '길 장(長)'에 '목숨 수(壽)'를 써서 장수왕(長壽王)이라 불리게 되었다.